月50万もらっても生き甲斐のない隣のお姉さんに30万で雇われて「おかえり」って言うお仕事が楽しい

IT'S MY WORK THAT I SAY TO HER, "OKAERI"

2

黄波戸井ショウリ
SHORI KIWADOI
〔イラスト〕アサヒナヒカゲ

浴室の中からはスポンジをシュワシュワする音と、
ミオさんがいつも使っているシャンプーの香りが漂ってくる。
ミオさんいわく、誰かと背中を流し合うのを
一度やってみたかったのだという。

「あ、兄ちゃんも見る？ ドア開けようか？」

キャンプの夜といえばコーヒーかココアに
焼きマシュマロと相場が決まっている。

月50万もらっても生き甲斐のない隣のお姉さんに30万で雇われて「おかえり」って言うお仕事が楽しい 2

黄波戸井ショウリ

OVERLAP

CONTENTS

[イラスト] アサヒナヒカゲ

HIKAGE ASAHINA

おかえり

プロローグ『松友さんは帰らないおかえり』

職業：家出少女
残金：百四十二円

「知らんし！　もう知らんし‼」

自身の状態《ステータス》に見て見ぬ振りをし、少女はスマホ片手に独りごちる。

家出少女といえば数多《あまた》の小説、漫画、映画などで扱われてきた題材であり、また現実にもたしかに存在している。電車の窓から下関《しものせき》の街を眺める彼女もまた、今やいっぱしの家出少女であった。

「あっちに着いたら兄ちゃんちに泊めてもらって、そんで……。あ、兄ちゃんが家におらんやったらどうしよ……」

『ホームレス高校生』

『行方不明』

『死』

己の完璧な計画に浮上したそんなワード群に一抹の不安を覚えつつ。

4

松友《まつとも》裕夏《ゆうか》は、東を目指した。

第1話『早乙女さんは休まらない』

俺がお隣さんに転職して、二ヶ月半が過ぎた。

「ただ、いまー？」

八月も後半戦。日が落ちても三十度を超える暑さの中を歩き、白いブラウスに汗をにじませたミオさんは今日も覗《のぞ》き込むようにドアを開ける。三ヶ月目もこのルーティーンは変わらないようだ。

「はい、おかえりなさい」

「ただいま！」

「おかえりなさい。今日もがんばりましたね」

お隣の早乙女《さおとめ》ミオさんに『おかえり』と言う仕事。元はどこにでもある普通のブラック商社に勤めていた俺の、今現在の職がそれである。

「今日のごはんはー？」

「油揚げのお味噌汁《みそしる》と玉子焼き、コロッケ、それに素麺《そうめん》の梅和《うめあ》えです」

雇用契約としては『おかえり』さえ言いに来ればよいので、副業でもなんでもやり放題といえばその通りのこの仕事。でも、月に三十万円という給料は絶対確実に家にいてもら

うために専業でやってほしいというミオさんの意思の表れだ。それを分かっていて他に手を出すというのも不誠実だろう。かといって本当に『おかえり』を言うだけというのもあんまりなわけで。

結果、こうして炊事洗濯などの家事もこなしている。もっとも、最大の理由はそこではないんだけども。

「着替えてくるー」

「はいはい」

「て」

「つだいません」

「はやくない？」

「さすがに読めてきました」

仕事で疲れを抱えたミオさんがちょっとひとりでは放っておけない状態になるからである。やはりというか現にというか。このマンションに越してきてから俺と出会うまでの二年間、家での主食はお豆腐とサラダ、掃除は年に一、二回という生活を続けていたらしい。

そんな家主の帰りを正座して待ち、「おかえり」だけ言って帰宅できる男がいるのなら、それはたぶん心臓と脳みそが鉄でできていると俺は思う。

「玉子焼きは五等分、と」

巻き上げた玉子焼きを五つに切り分けてお皿に載せて食卓へ。白いごはんをよそったら、ちょうどピンクの部屋着に着替え終わったミオさんが顔を出した。

「わーいい匂……うっぐ」

いい匂い。そう言い終わる前に、耳慣れた電子音が鳴ってミオさんの喉からあまり聞かない声が出た。スマホの着信音、プライベートでなく仕事用の方だ。これまで夕食の時間にまで仕事の電話がかかってくることはなかっただけに珍しい。

「……松友さん」

「なんでしょう」

電子音が鳴る中、こちらに歩いてくるポーズのままで固まっていたミオさんは、これもあまり見たことの無い真顔で言った。

「ご飯が冷めるまでって、何分？」

「七分二十秒です」

「わかった」

キュッと右足を軸にターンを決めようとして転びかけながら、ミオさんはスマホの置いてある寝室へ駆け込んだ。

「はい早乙女です。あ、木舟《きぶね》さんお疲れ様で――」

◆◆◆

バンッ、とドアが開き、ピンク色の影が飛び出してきたのはそろそろ素麺の梅和えが伸びてこないか心配になりだした、そんなタイミング。

「お待たせ松友さん！　何分!?」

「七分フラット、セーフラインです。こんな時間にお仕事の電話なんて大変ですね」

味噌汁と玉子焼きの匂いに包まれたリビングに、埃《ほこり》を立てないギリギリの速度でミオさんが滑り込んできた。黒髪が慣性に従ってさらりと広がる。

「最近新しく取引の始まった会社の方なんだけどね」

「やっぱり新しい方ですか」

「社会人なら仕事は全てに優先するって言って、自分が会社にいるうちは電話してくる」

昼休みにも食事中なのを分かっていてかけてくる人だったが、ついに帰宅後まで侵入してきたらしい。

「それにしたって夕食時に電話してくるのはやりすぎでは……」

「大丈夫大丈夫、大した用事でもないから！」

大した用事でもないならなお迷惑だろうと言いたいところだが、今は残り十秒しかない猶予を殺さないことが先決。半ばスライディングで着席したミオさんといっしょに手を合わせる。

「いただきます」

「いただきまー……玉子焼きの中のこれって、タラコ？」

「そこまで言ったなら『す』まで言いましょう」

「す」

「横着するんじゃありません」

「いただきます」

「えらい」

ようやく手を付けることのできた味噌汁をひと口すすって、ミオさんはほー、と一息つく。玄関で靴を脱いで、着替えて、そしてこの味噌汁でやっとスイッチが切り替わると常々言っているし、きっと大切な習慣なのだろう。

「おいしい」

「それはよかった」

帰ってきたミオさんとこうして食卓を囲む生活が始まって二ヶ月半になる。誰かと食べる夕食がこんなにも贅沢《ぜいたく》なものだと気付かされて、つまりもう二ヶ月半だ。それだけとは思えないほど色んなことが起こってばかりだったが、七月末の海旅行が終わってからのここ三週間ほどはこうして穏やかな日々が続いている。

「そして玉子焼きですが、これは明太子《めんたいこ》を巻いたものですね。スケトウダラの卵をタレに漬け込んだ辛子明太子です」

「おいしいよね、明太子」

「福岡で買ってきたやつですよ」

　俺の出身地は九州の左上らへん、福岡県は糸島市。佐賀県との県境に位置する市で名物は大粒のイチゴと元寇《げんこう》防塁跡。七百年くらい前にモンゴル軍が侵攻してきた時、剣士《セイバー》で槍兵《ランサー》で弓兵《アーチャー》で騎兵《ライダー》で狂戦士《バーサーカー》なことで知られる鎌倉武士が敵の上陸を阻んで殺戮《さつりく》した辺り、と言えば伝わるだろうか。厳密には防塁のある海岸は福岡市なんだが、市境のすぐそこにあって糸島の観光情報にもよく載っているからそこは許してほしい。

　海は綺麗《きれい》で飯も美味《うま》いが、横浜市近郊で生まれ育ったミオさんとの都会指数の差は否定しきれない、そんな土地柄である。

「福岡だとこういう食べ方なんだ？」

「こうやって明太子を巻いた玉子焼きがちょっとしたごちそうなんですよ。居酒屋で一番下じゃないコースを頼むとけっこうついてきます」

　安いコースだと普通の玉子焼きに明太子マヨネーズがかかったものになったりするが、アレはアレで美味い。

　とりあえず入れて間違いない、それが明太子。

「とりあえずおいしい」

「とりあえずよかった」

幸い口にあってくれたようで、ミオさんは五つに切り分けた玉子焼きをヒョイヒョイと口に運んでいる。

特に今日作ったような『玉子焼き』は好みが千差万別だから食べる人の反応が気になる料理だ。これは私見だが、いわゆる『家庭の味』『おふくろの味』が顕著に出る料理を三つ挙げるとすれば味噌汁、カボチャの煮物、そして玉子焼きだと俺は思う。

「これが松友《まつとも》さんちの味なの？」

「残念ながら、松友家でこんな贅沢な玉子焼きが出てきたことは俺の知る限りありません」

「そうなんだ？」

「ミオさんちはどうですか？　卒業アルバムにも玉子焼きを食べてる写真がありましたよね」

「うちは……えっと」

即答するかと思いきや、ミオさんは天井を見ながら考え込んでいる。しばらく実家に帰っていないせいだろうか。

「あ、そうそう湯葉！　湯葉が入ってた！」

湯葉って言葉がなかなか出てこなくて、とミオさんは頬を掻《か》く。

「湯葉ですか？　味噌汁《みそしる》とかに使ったことはありますけど、玉子焼きに入れるのはなかなか珍しいですね」

「いつもじゃないけどね。遠足と運動会の時は入れてくれたんだー。お母さんが替わってからは私も見たことないかも」

「お母さんが？」

「うち、今のお母さんは二人目」

「そうだったんですね。……前のお母さんの味付けはどんなでした？」

「甘くないやつだった気がする。松友さんがいつも作ってくれる玉子焼きと似てるかも」

ミオさんの家で作る玉子焼きは、ミオさんの好みを聞きながら少しずつ調節してきたものだ。おそらく、ミオさんの中にある理想形がお母さんの味なのだろう。

「今度、作ってみましょうか。味まで完全に再現できるかは分かりませんが」

「さすがに写真じゃ味まで分かんないもんね」

「挑戦してみる価値はあります」

「おお」

そうして、話題は次第に今日あったことへと移ってゆく。といってもミオさんの仕事での話を俺が聞いていることがほとんどだ。

「うん、最近は順調だよー。いつもはキャッシュフローを回すためにあんまりおいしくないなーって案件も抱えてたりするんだけどね、今はそういうのナシで実入りの大きいプロジェクトだけを回せてるんだー」

秘密保持の義務を抱えているミオさんは仕事の内容について詳しい話はしないし、俺も訊《き》かない。だからこういうざっくりした会話にならざるを得ないわけだが、仕事が好調なのは確かなようでひと安心だ。

「まあ、いつもいつもこの前みたいなことになっていたら身が持ちませんしね」

「そうだね……」

「土屋《つちや》たちは引き続きで忙しいみたいですよ」

俺の古巣である商社と某大企業の間に起こった取引上のトラブル。マーケターとして間に入っていたミオさんに、俺の元同期と後輩にあたる土屋と村崎《むらさき》も巻き込んだ一件からもう一ヶ月以上になる。

それが片付いてからは四人で海に行ったりお盆休みも挟んだり、充実した夏を過ごしている。

「いろいろありましたねーこの夏は」

「いろいろ……うん」

いろいろ、という表現にミオさんが遠い目をしている。

ミオさんのお盆休みは五日間。前後には土日があり、さらに一日前倒しの年休取得が推奨されている。夏をしっかり満喫できる十連休だ。

俺もミオさんに合わせて働いている立場上、同じく十連休という驚異的なまでの自由時間を得た。去年までいた会社は夏休みが一日だったから文字通りの桁違いである。

俺はといえば、去年はできなかった里帰りを果たし、四日間を地元・福岡で過ごしてきた。これもミオさんに転職したからこそだ。

「楽しかったんだよね、福岡……」

「え、ええ、久しぶりに家族にも会えましたし。妹には『そのうち遊びに来たら泊めてやる』って言っておいたんで、もしかしたら冬休みとかに来るかもしれませんよ。そしたら紹介しますから」

問題は、東京で商社マンになったはずの兄が隣のお姉さんに『おかえり』と言う仕事に栄転している事実をどう説明するか、だが。実はまだ実家にもきちんと話せていないので、文言くらいはそれまでに考えておかないといけないだろう。

それよりも。

「とってもたのしみ……」

「あはは……」

重い。空気が重い。

「私も楽しかったよ、松友さんが帰省してた間のお盆休み……」

「えっと、何してたんでしたっけ……？」

「一日目は猫の動画を見て」

「はい」

「二日目は犬の動画を見て」

「はい」

「あ、松友さんに似てる柴犬《しばいぬ》とか見つけたんだよ」

「見たいような見たくないような」

「それで三日目は対物ライフルでスマホとかゲーム機を破壊する動画を見て」

「ここで路線変更が」

「四日目に、暖炉が燃えてるスウェーデンの動画を見てたら、松友さんが帰ってきた」

ミオさんは俺と、俺がきっかけで知り合った土屋と村崎以外にこれといった友達がいない。その土屋と村崎は夏休みが早かったのでお盆は仕事中。そして俺は前述の通り帰省中。となれば、ミオさんが誰かと会う、遊ぶというチャンスは来ないわけで。

それでも俺としては、ミオさんにもひとりでゆっくりする時間は必要だろうと思っていたのだけど。思った以上にひとりだったことを知ったのは、福岡土産のバター饅頭《まんじゆう》を渡しにきた時だった。まさか家でただただ動画を見続けているとは思わず絶句したものである。

「空きペットボトルが林立するリビングで焚《た》き火《び》を見ていた時は、今度は一体なにを喚《よ》び出す儀式なのかと」

ぬいぐるみで自分を囲んだ反省会《サバト》なら前にもやっているのを見たことがあるが、今回のはどっちかといえば呪具や紙人形が散乱する呪術の現場に近かった気がする。そこに持っていったお土産が饅頭というのがまた供物っぽくてなんともシンクロニシティ。

「じゅうじつしたなつやすみ、だったなぁ……」

さらに目が遠くを見つめている。

「……ちなみにですがミオさん」

「んー？」

「年末年始はどうしようとか、何か考えてます？」

「松友さん知ってる？　アメフラシの卵ってね、ラーメンみたいなんだよ」

「アメフラシ」

軟体動物門腹足綱後鰓《こうさい》亜綱アメフラシ目アメフラシ科アメフラシ属アメフラシ。本州から九州までの海岸や河口近くに生息する軟体動物で、外敵に襲われると紫色のスミのようなものを背中から噴出するのが特徴。水中ではこれが雨雲のように見えることから雨降らしの名がついたとかつかないとか。

しかしなぜ急にアメフラシ。

「珍味なんだって」

「そうなんですか」

「そうなんです」

「それで、年末年始は」

「松友さん知ってる？　ベテルギウスってもうすぐなくなるかもしれないんだよ」

「ベテルギウス」

オリオン座α星ベテルギウス。冬の夜空に浮かぶ英雄オリオンの右肩に位置する半規則型変光星で、最近のデータによると光の減衰がこれまでより激しくなっており、巨大恒星の最期である超新星爆発の前触れではないか、と一部で囁《ささや》かれているらしい。

しかしなぜ急にベテルギウス。

「ミオさん」

「松友さん知ってる？」

「年末年始の予定、まったくないんですね？」

「ない……」

長期休みの予定がないくらい正直に言えばいいのに。ミオさん、基本的には素直なのに妙なところで見栄《みえ》を張りたがるからよく分からない。

「じゃあ何か考えましょう。俺もまだ帰省するって決めてるわけじゃないですし、いっしょに初日の出とか見に行きます？」

「それはダメ」

　拒絶された。

「だって年末年始の休日は、本当にやむを得ない時じゃないと休日出勤できないって規則で決まってるから……！」

「えぇ……」

　曰《いわ》く。会社としてのお盆休みは厳密には三日間で、残りの二日は全社員が一斉に休暇をとっているという形式なのだとか。

　俺が、薄暗い部屋の中、パソコンの画面を虚無の目で見つめるミオさんに夕食を作ってあげたのは夏休み四日目。年休取得日を後ろにずらしただけだから就業規則に照らしてもギリギリセーフだった、という理屈が存在していた。

「でもね、年末年始休暇はああいうことはできないんだよ……！」

　なぜなら規則がそうできるようになっていないから。至極単純かつ難しい理由である。

「なら……いえ」

　ならば仕事でなく隣人として、と言いかけて言葉を呑み込む。

　ミオさんと俺の関係はあくまで雇う人と雇われる人で、そこには特殊なだけできちんと規則が存在する。どんな理由であれ、それを無視することを是とするのなら、逆に仕事を放棄することだってできてしまうのが道理だ。そのことを理解しないほどミオさんは無知じゃないし、そうなる未来をひとりの夜に考えずにいられるほど器用でもない。

より近づこうとしないことは、彼女にとってはより遠くならないことと同義なのだ。

「ミオさんは帰省しないんですか？　といっても電車で一時間ちょっとですが」

「あんまりしたくなくて……」

さっきのお母さんの件が初耳だったように、ミオさんの家庭事情は俺も詳しく聞いていない。あまり良好とは言えないらしく、特に最近は帰るたびに親戚一同から結婚を急かされるので気が進まないというようなことを以前言っていた。

「うーん、じゃあいつもは年末年始、どう過ごしてたんですか？」

なんとなく予想はつくが一応訊いておく。

「犬とか猫の動画を見たり……」

「同じですね」

「買ったままになってる本を読んだり……」

「えらいですね」

「抱えてる案件について勉強したり……」

「えらいですね」

「そうやって三が日が終わるまでじっとしてた」

「どえらいですね」

長期休暇には、厳しい季節を乗り切るための余暇という側面がある。そしてミオさんは基本的にインドア派。夏は暑く冬は寒いので、そんな中を特に用事もないのに出歩きたくないのもよく分かる。分かるが。

まさかあの終末世界がごとき部屋で十日も引き籠もれるとは。

「あー……。年末はミオさんもいっしょに福岡まで行きます？　なんて」

「あはは……」

「……あはは」

力がない。ミオさんの声に力がない。絶望に打ちひしがれたような顔をしないでほしい。

「まあまだ時間はありますから。いろいろ考えましょうよ」

「そうだね……」

「なんならまだ夏だって終わってませんし。旅行は厳しいかもしれませんが、日帰りでおいしいものを食べに行ったりとかしたいですね！」

とりあえず明るい話題として、直近の話をふくらませる。食べ物の話題を選んだのが功を奏してか、凍結しかけていたミオさんの体が少し動いた。

「おいしいもの」

「たとえば茨城なんかはトンカツの激戦区だって聞きましたよ」

村崎《むらさき》が茨城のつくば市出身だったはずだ。茨城県内には海鮮で有名な大洗町もあるし、日帰りでつくばと大洗を案内してもらうのもいいかもしれない。同じ県内なら一日で十分回れるだろうし。

「それもいいけど、みんなで映画とか観《み》たいかも」

「映画館くらいなら普通に日曜にでも行けるんじゃないですか？」

「そういうのじゃなくて」

ブルーレイのやつ。

そう言いつつ、どうやって仕込んでいたんだろうか、テーブルの下からミオさんが取り出したのは青い縁取りでおなじみ、ブルーレイディスクのパッケージ。

「『電気《でんき》ノコ《のこ》』？」

「たぶん、引き裂き系のサイコホラー……」

声に出して読みたい。

「これは、例の部長さんからですか」

「前のトラブルが解決したら、ますます懇意にしてくれるようになって」

それ自体はありがたいことなんだけど、と言いつつ、ミオさんは視界に入らないようパッケージをテーブル下に戻した。例の部長さんというのはミオさんの取引先の担当者で、以前からミオさんに目をかけてくれておりオススメの映画をよく貸してくれるらしい。俺も部長さんレコメンドの映画を二作ほど見せてもらって、確かにどちらも隠れた名作だったけれど。

　つまりジャンルがホラーやスプラッターだった時の衝撃も相応に強いわけで。

「…………」

「…………」

「その部長さんって、土屋《つちや》たちとの取引先でもあるんでしたよね。そっちの首尾はどうですか？」

「すごくいい感じかな！」

「それはよかった」

　最初の話題、仕事の話に引き戻すことに俺はした。

「その取引で思い出したんだけどさ」

「なにかありました？」

「前のトラブルってね、言葉のやりとりが元だったでしょ？」

「土屋たちのとこの社長がやらかしたやつでしたね」

「うちの会社が秘密保持契約《NDA》関係の法務でお世話になってる弁護士事務所さんにお願いして、業務提携の早い段階から責任の所在とかをね、はっきりさせようねーっていう仲介を……」

「なるほどー」

口調や表情は幼いままで用語は正確に使おうとするからよく分からないことになりつつも、とりとめもない話題を移ろわせてゆく。

「あ、ごめん。この話、面白くないよね。サメの話とかの方がいい？」

「いえ、会社を辞めた後だと逆に新鮮です」

いつまでかは分からないけれど、きっとしばらくはこうして二人の日々が続くのだろう。俺はそう考えていたし、たぶんミオさんもこの時はそうだっただろうと思う。

「あ、ありがと……。あれ？」

話の途中だが、また着信音。

「また例の人ですかね」

「たぶん……。ちょっと出てくるね」

出なくてもいいのでは、と口から出かけたが、俺はミオさんの仕事には口を出さないことに決めている。他人の職域を侵すというのは軽い気持ちでやっていいことじゃない。

ちらと聞こえてしまったところでは、たしか木舟《きぶね》さんといっただろうか。こういう無粋な横槍《よこやり》を入れる人がいるのも浮世の常か。

「味噌汁《みそしる》だけでも温かくしておくか」

鍋を火にかけながら夕食時の乱入者に頭を痛めていたこの時の俺は、もっと存在感のある闖入者《ちんにゅうしゃ》がやってくることなんて、これっぽっちも想像していなかった。

――跳んだ。

その女の子は、私の眼前で小さな体躯《たいく》に似合わない跳躍力を見せた。座っていた椅子を倒さない踏み切り、虚空に描く放物線。まさに猫のように音もなくフローリングに着地したとみるや間髪を容れずに駆け出す。松友《まつとも》さんの横を風のようにすり抜け、一瞬で廊下へと消えていった。

「速い……！」

予想外、想定外、計画外。

そんな行動と動きに私は頭が追いつかない。戸惑うばかりの私に、松友さんは静かに言った。

「ちょっと、行ってきます」

なぜこうなったのか。

話は、私がいつもより早い時間に帰宅した時まで遡る。

◆◆◆

「この時間だと昼間と大差ない暑さね……。郊外でこの調子だと明後日の城鐘《しろがね》さんとの打合せ、新宿まで行って耐えられるかしら……」

最近よく顔を合わせるようになった女性弁護士の顔を思い浮かべつつ、昼間から残るアスファルトの熱気に滲《にじ》む汗をハンカチで拭う。仕事が早めに片付いたこの日、今夜中のどこかで上がってくるデータのチェックは明朝に回すことにして、私は早めにフレックス退社して自宅マンションへと帰ってきていた。

「わざわざ家にいる時間を延ばすなんて、昔なら絶対やらなかったわね……」

松友さんはちょうど買い物に出ているみたいで、だったら帰るまで少し時間を潰そうか。そんなことを考えつつも行く場所も思いつかなくてマンションのエントランス近くまで来たところで、ちょっと予想外のものが目に入った。

「んん……？」

茜色《あかねいろ》に染まる空の下、ピンクのTシャツの女の子がおにぎりの形のおせんべいを食べている。もくもくもくもくと、リスのようにコリコリコリコリと食べている。

「どういう状況……？」

いったいどんな人生を歩んだリスさんであれば、マンションの前でおせんべいを食べ続ける状況ができあがるのか。それは私には分からないけど、この真夏の暑さの中で水なしに食べるのは苦行の域ではなかろうか。

「……よし」

吸って、吐いて、大きく吸って、大きく吐く。

松友さんに教わった心を落ち着ける方法だ。彼と出会った日のことを思い出し、十分に心拍数が下がったところで、私は女の子に歩み寄った。

「どうしたの？　何か困ったことでもあった？」

以前の私なら、遠巻きに見るだけで声をかけたりなんてできなかっただろう。せいぜい十万円をそれとなく落として、この子が拾ったところでお礼の一割を渡して「カフェにでも入ってください」と立ち去っていたところだ。

でも松友さんや土屋さん、きらんちゃんとの出会いを通して私も成長したのだ。皆が私にしてくれたように、私も困っている人に手を差し伸べられる人間にならなければ。

「いえ、人ば待っとるだけですんでおかまいなく！」

しっかりした受け答えのできるお嬢さんのようだ。喋《しゃべ》り方《かた》が土屋さんと似ているし、九州の子なんだろうか。

「そう、待ち合わせなの？」

「あー……、向こうはウチが来ること知らんと思います」

「連絡をとってみたりは？」

「スマホの充電切れとって……。ここで帰ってくるまで待っとるとです」

「座る場所もないのに大変でしょ。よかったら私の部屋に来ない？　冷たい飲み物くらいは出せるから」

「よかとですか⁉」

彼女としても、あそこで立って待つのは本意でなかったらしい。

嬉々《きき》としてついてきた女の子を家に上げ、そうだまずは名前を訊《き》かないとなんて考えながら作り置きの麦茶をコップに注いでいて、ふと気づいた。

「私は大変なことをしてしまったのでは」

服装や顔つきからして小学生、いや、受け答えはしっかりしていたから中学生かもしれないが。よく身元も確かめないでオートロックを通過させてしまった。人助けしなくてはと意気込むあまりにそんなことすら忘れていたなんて。

しかも未成年に声をかけて家に上げたとなると、これはいわゆる『事案』というやつなのでは……。

「ごちそうになってますー」

一抹の不安を抱えつつ麦茶のコップをお盆に載せて戻ると、先に出したカステラのお皿はすでに空になっていた。エントランスでもおせんべいを食べていたし、よほどお腹《なか》が空《す》いていたらしい。

「そ、それでそのお嬢さん？」

「はい！」

いい返事だ。やっぱりこんな子が悪意を持って人の家に侵入するとは思えない。それでも念のため、念のために大事を取って確認しておこう。

「今日は何しにこのマンションへ？」

「お金のためです！」

「そう、お金のためなら仕方ないわね！……お金？」

「ちょっと、まとまったお金ば手に入れんといけんくて」

「まとまったお金」

「はい！」

「マンションで。お金をね？」

これはアウトだ。具体的に言えば未成年略取と犯罪幇助《ほうじょ》の複数形でアウツだ。地味なりに真面目に生きてきたつもりの人生、二十八歳にしてついにやってしまった。人を待っているると言っていたから空き巣ではないだろうし、強盗か詐欺か。あるいは誰かを待っているということ自体が私のような浅はかな人間を騙《だま》す方便だったのかもしれない。

いや待てミオ。まずは自分のことよりも彼女のことを考えるべきだ。

話した印象では、彼女自身は礼儀正しくて純真な娘に見える。そんな彼女が人として道を踏み外そうとしているのだ。

そうだ、私の目の前で、ひとりの青少年が人生に消えない傷を負おうとしているのだ。止めよう。私が止めてみせよう。これを止めずして何が大人か。

「あのね、お金は必要なものよ。でももっと大事なものが世の中にはあるの」

「はい！……はい？」

「誰かといっしょに温かいご飯を食べられること。暖かい家にただいまと言えること。それがどんなに尊いことかを教えてくれた人がいたから、私も機械みたいな生活から抜け出せたの」

「なるほど？」

「だからあなたもどうか……」

お金のために人生を棒に振るのはやめてほしい。そう言おうとしたところで、私の後方、玄関へのドアが開いた。

「お待たせしましたー。玄関に見慣れない靴がありましたけどお客さんですか？　珍しいですね」

松友さんが買い物から帰ってきたようだ。手にはエコバッグと予備の折りたたみ袋がぶら下がり、中のポン酢や歯ブラシがうっすらと透けている。できればもう一分くらい遅く、私のセリフが終わってから登場してくれても良かった気もするけれど。これはこれでよし、ここは松友さんにも何か言ってもらおう。

「そうなの。実はこの子が……」

「あ、兄ちゃん！」

「兄ちゃん？」

「兄ちゃん？」

兄ちゃん？

私を挟んで、松友さんと女の子が無言で見つめ合っている。言われてみれば、確かに目元とかが似てるような。

「兄ちゃん」

「なんだ」

「兄ちゃんの部屋ってどこやったっけ？」

「六〇五号室が俺んち」

「ここは？」

「お隣の六〇三号室、早乙女《さおとめ》さんち」

「部屋、間違えとうやん」

「ほんとだな」

「ばりウケる」

「ハハハ」

どこか似たような仕草でひとしきり笑ったあと。

「ッ!!」


跳んだ。


「ぐっ!?」

急な動きに松友さんの体がこわばる。

その隙を衝《つ》くように、彼女は椅子から跳ね上がって駆け出した。跳躍から着地、再加速までに要した時間はまばたきひとつ分。人間にとって十分以上に『重い』はずの重力が、彼女に対しては跳躍して床につくまでの落下速度が足りない。『軽すぎる』。

そんな重力すら振り払う速度で向かう先は廊下。その間には松友さんがいるけれど、ピンクの影は買い物袋を持っている左手側を巧みにすり抜ける。袋の中にはポン酢のガラス瓶があるから落とすこともできず、松友さんは女の子を捕らえられない。

「お茶、ありがとうございましたー!」

お礼を言いつつガラス付きのドアを素早く開けて廊下へ。ドアを素早く閉め……いや、ガラスに気を遣ってそっと閉めた。数秒もせず今度は玄関のドアが開く音がする。

「あいかわらずすばしっこい……。前世はリスかなんかか？」

「えっ、えっ？　どういうこと？」

頭が追いつかない。あの女の子が松友《まつとも》さんの妹さんで、お盆休みぶりの再会で、と思ったら逃げ出してどこかへ行った。なぜ。

「逃げた理由なら、まあ妹の考えることですから予想はつきます」

「兄妹仲がよろしくないとか……？」

一番ありそうな理由を口にしてみる。

「いいえ」

松友さんは首を横に振る。

「知らない人についていかないという約束をやぶったからです」

「知らない人についていかない」

「大事なことですよね」

「大事なことよね」

知らない人、つまり私についてきたのがダメだった。言いつけを破って怒られるのが怖いから逃げた。そういうことのようだ。

「あれで人を見る目はあるんで、本当に危ない相手にはついていかないとは思うんですが、それはそれです」

　ああして全力で逃げ出す辺り、松友さん、妹さんには意外と厳しいのかもしれない。そうしている間に松友さんは買い物袋からヨーグルトと冷凍ミックスベジタブルを取り出して冷蔵庫にしまった。

「すみません。ちょっと、行ってきます」

「あ、うん、どうぞ」

　勤務時間中ということで外出許可をとり、松友さんは玄関へ。マンションの廊下へと出た彼を追って私も出てみると、逃げていったはずの小さな背中はもうどこにも見えない。夕暮れ刻《どき》の風と遠めの蟬《せみ》しぐれがあるだけだ。

「さて、と」

　松友さんも左右を確認し、彼女の姿がないことを確かめている。マンションから逃げるというなら下に降りたはずだ。とりうる経路は大きくふたつ。

「降りるならエレベーターか階段かよね。いっしょに上がってきた時はエレベーターを使ったけど……」

　ドアを出て左手に行けばエレベーター、右手に行けば非常階段だ。

　初めてこのマンションに来た彼女が、エレベーターと反対側にある階段を使うとも考えづらい。

「でも、追いかけるなら階段かしら」

エレベーターで逃げた人をエレベーターで追っても追いつけない。だったら階段で追いかけたほうが勝算は高い。

「ただ人は迷った時に左を選びがちと聞いたことがあるわ。妹さんがその裏をかいて右の階段に行った可能性も……」

「向かうべき方向は決まっていますよ」

「そ、そうなの？」

私が考えている間に松友さんはもう目星をつけていたらしい。

右か、左か。階段か、エレベーターか。

「後ろです」

「……え？」

言うやいなや、松友さんは回れ右して玄関のドアを開けた。ガチャリと耳慣れた音がして室内の冷気が流れ出す。

「あ」

「あ」

ばっちりと目があって、同じような声が出た。玄関のドアを開けた先には、お風呂場に隠れていたのだろう妹さんが、引き戸から出てきたポーズのまま固まっていた。

「ただいま」

松友さんのこんな低音、初めて聞いた。

「お、おかえり兄ちゃーん。今日もお仕事おつかれさまー？」

「松友さん、これってどういう……」

「初歩的なことです。妹にとってここは初めての街ですから、荷物も置きっぱなしのまま飛び出したところで行く当てなんてありません。玄関のドアだけを開け閉めして外に出たと見せかけて、俺たちが慌てて降りたのを見計らって荷物といっしょに改めて脱出。それが最善策です」

松友さんの解説に、お風呂場から出たまま固まっていた妹さんは右手の親指を立てた。

「ご名答☆」

逃走劇、終了。

「言ったでしょう？　妹の考えることならだいたい予想がつくって」

「すぐに見抜いた松友さんもすごいけど、あの一瞬でそれを思いつく妹さんもなかなかというか……」

松友さんとは何度かゲームを、特にウノをやったことがある。ルールも人数も毎回違っていたけれど、いつだって松友さんは上位にいた。瞬時の判断力とか相手の心理を衝く駆け引きの力とかそういうものを持ち合わせているからだと思う。

そして一方、『知らない人の家でお菓子を食べていたら兄がまさかの登場。怒られると思って反射的に逃げ出した』なんてシチュエーションで、即座に人の裏をかく作戦を導き出したのが妹さんというわけで。

「兄妹って、似るんだなぁ……」

「そうですか？」

「そうですか？」

同じ反応が、これも同時に返ってきた。

「とにかく捕まえたからにはこの質問からだ。お前なんでここにいる!?」

言いながら、松友さんは玄関を上がってツカツカと女の子に詰め寄った。

「話せば長くなりますが」

「話してみろ」

「じいちゃんとケンカした！」

長くなかった。一行で終わっている。一言で言うと家出というやつだ。

「なるほど、完全に理解した」

「……その心は？」

「なんで家出で福岡から東京まで来てんだ、裕夏《ゆうか》!!」

松友裕夏ちゃん。

まだ聞けていなかった彼女の名前は、そういうらしい。

◆◆◆

「裕夏、まだいくつか質問がある」

「はい」

「黙秘権はない」

さすがに玄関を押さえられては逃げようもなく、裕夏ちゃんはおとなしくリビングに戻ってテーブルについている。今は松友さんによる取り調べを受けているところだ。

「でも、先にウチが一個だけ訊《き》いていい？」

「許す」

「あの人、なしてあげん遠くにおるん？」

裕夏ちゃんが送ってきた視線を狐《ふーちゃん》のぬいぐるみで遮る。部屋の隅に置かれた椅子、私がいっしょに暮らしている四体のぬいぐるみたちの定位置で、私は五体目のぬいぐるみになろうとしていた。

「私のことは気にしないで……。お邪魔にはならないようにするから、どうぞ兄妹水入らずで……」

「邪魔も何も、この家の主はミオさんなんですが」

「やめて……。早とちりと思い込みでいいセリフ風なものを口走った私を見ないで……」

まとまったお金が必要、なんて言うから、てっきり強盗か詐欺でも働こうとしているのかと思った私だが。蓋を開けてみればなんのことはない。お兄ちゃんに宿の面倒をみてもらいに来たと、それだけの話だったのである。

逃走劇でなんとなく流れていたけど思い出したら恥ずかしくなってきた。もう穴があったら入りたいし無ければ掘って入りたい。

「いいセリフ風なもの……？」

「あ、お姉さんがさっき言っとったやつ？　ご飯を食べたくてどうのこうの」

「だいぶ違うけどそういうことにしておいてもらっていいかしら……」

「ご飯……？」

松友さんが首を傾《かし》げている。あまり蒸し返されると私としてもつらいので、ここは本題を先に進めてもらうことにする。

「えっと、つまりその子は妹さん？　松友さんの？」

さすがに部屋の隅と隅では会話しづらく、私は恥ずかしながらテーブルへと戻りつつ尋ねた。いつもは私と松友さんの二人で使っている四人がけの木製テーブルではちょっと珍しく三つのアイスティーが汗をかいている。

「はい、末の妹の裕夏です……。ほら、挨拶」

「松友裕夏です！　いつも兄がお世話になっとります！」

「いえいえこちらこそ……」

勢い強めに頭を下げると、黒髪がふぁさっと宙に広がる。格別に上品だったり育ちがよさそうだったりするわけじゃないけれど、言葉遣いや礼儀作法はきっちりしている辺り、なるほど松友さんと同じご家庭で育ったんだなという感じがする。

「前に写真は見せませんでしたっけ？」

「写真と少し印象が違ったから気づかなかったわ……」

「ああ、あれは制服でしたしね」

思い返せば、確かにあの写真では紺色のセーラー服を着ていた気がする。たぶん中学の入学式か何かの写真だろう。

「兄ちゃん、ウチの制服の写真持ち歩いとると……？」

「含みのある言い方はやめろ。入学式の時に撮ってやったのは俺だろうが」

女は化粧と服装で化けるものとは言うけれど。今のピンクのTシャツにショートパンツ姿で松友さんをジトッとした目で見つめる彼女は、例の写真より三つは年下に見える。

「それでえっと、裕夏ちゃんは中学生だったかしら？」

「いえ、写真は中学の時のやつでしたけど、今は高校生です」

「筑紫《ちくし》浜《はま》高校二年です！」

「え、高校生……!?」

「高校生なんですよ。誕生日は七月なんでもう十七歳です」

「海の日とよくかぶるので学校でお祝いしてもらえません」

「そ、そうなの。ごめんなさいね」

見た目では小学生だと思っていた。小柄なのもそうだけど、何より服装や持ち物のセンスがだいぶ幼い。よく見ると襟口がくたびれているし何年も大事に着ているのだろう。

「人間、歳《とし》が十歳も離れると見た目じゃ判断できなくなってきますしね。服装が変わるだけでも別人に見えたりしますし、それに何よりもですね」

「何よりも?」

「人んちの前でせんべい食ってスタンバイしてる十七歳はいません」

それは子供でもやらない気がする。

「じゃあ兄ちゃん、妹が餓死してもよかったん?」

「餓死するような行程で東京に来るのはやめなさい」

「他に選択肢がなくて……」

餓死を覚悟で東京に来る、が唯一の選択肢。

「幅が狭すぎないかしら……?」

「裕夏、お前どんな行程でここまで来たんだ?」

「え？　んっと……」

裕夏ちゃんの説明によると。

おじいさんとケンカして家を飛び出した裕夏ちゃんは、目的地を東京に定めたらしい。

「当分帰らんどこうと思ったけど、泊まるとことかどげんしよと思って」

「うん」

「あ、東京まで行けば兄ちゃんおるやん！って思って東京にした」

「確かに遊びにこいとは言ったけども」

まさか帰省から帰ってきて一週間でやってくるとは松友《まつとも》さんも思わなかったのだろう。

なんてこったという顔で頭を抱えている。

「けど、東京まで行く方法がなかなか見つからんくて」

東京にはたどり着きさえすればいい。そう気づいた裕夏ちゃんだが、問題は東京への移動手段。所持金は六千円とちょっと。車の免許ももちろんない。

「六千円って、飛行機や新幹線は絶対無理よね？」

「少し前のＬＣＣだと五千円っていうのを見たことありますが、夏場は無理ですね」

「福岡－東京間って五千円で飛べるの……!?」

驚きつつ、薄利多売をベースにして空席を出さないことを重視するビジネススタイルなら可能かもしれないと気づく。ただ、ただシステム的にはそうだとしても。

五千円の便で上空四千メートルを移動することに不安はないのだろうか。

「いいですかミオさん。席が高かろうと安かろうと、彼らも命を預かって飛ぶからには十分な技術と知識を持っているんです。それに墜落事故なんて所詮は確率。エアフォース・ワンだって墜ちる時は墜ちます。でもそうして浮かした千円で買ったキャベツと豚肉は一〇〇パーセント確実に回鍋肉《ホイコーロー》になるんです」

「……回鍋肉は大事よね」

「手軽においしく野菜がとれますからね」

私とは違う価値観があるみたいだから、これ以上は踏み込まないことにした。

ともあれ裕夏ちゃんには五千円で空を飛ぶ選択肢はなかったわけで。

「夜行バスは安いって聞いてたっちゃけど」

「それにしたって一万円以上はするだろ」

「した」

「でも、夜行バスより安い方法なんてそれこそヒッチハイクくらいしか……」

「……いえ、兄としてはあんまり想像したくないんですが」

「あるの？」

「裕夏お前、青春18きっぷを使ったな？」

青春18きっぷ。私も名前は聞いたことがある。普通列車が一日乗り放題になるきっぷが五枚綴《つづ》りになった、夏と冬に発行されるお得な回数券だ。

「あれも一万円くらいしなかった？」

「一万二千とんで五十円ですね。ただそれは定価です」

「金券ショップ行ったら、二日分だけ残ったのが六千円ちょいで売っとったよ」

「二日分？」

「福岡から東京まで、普通列車だと一日半といったところですね」

松友さんがいつの間にやらスマホで乗り換え案内を調べている。

「てことは、昨日の夜はどこに泊まったの？　お金も残ってなかったんでしょ？」

「残金百四十二円でした」

「百四十二円」

その金額ではネットカフェにも入れないだろう。まさか野宿でもしたんだろうか。

「滋賀県らへんのハンバーガー屋さんで、ハンバーガー一個で一晩粘りました！」

「ああ、水はもらえるしな」

ハンバーガー屋で夜を明かす。やんちゃな男の子なら、分からなくもないけれど。

「それ、危なくないの……？」

「ハンバーガー屋さんは夜中もほどよく人がおりますんで」

夜中のハンバーガー屋はイメージよりは安全。使いどころがあるか分からない知恵を手に入れてしまった。

「……その宿代で文無しになるから、他に何も食えなかったわけか」

「やけん《だから》、おにぎりのせんべいを一時間に一枚くらいのペースでちょっとずつちょっとずつ食べて……」

高校生の旺盛な食欲をおにぎり型せんべいでごまかしながら、一日半の旅程で千キロを移動してここまでたどり着いたと、そういうことらしい。

「大冒険だったのね……」

「ドラマみたいな家出は無理でした……」

「ギターがないものね」

「そこ、重要ですか？」

家出した少年少女といえば路地裏で寝て駅前で歌って地元の不良とケンカして、やがて同じ悩みを抱えるパートナーと出会ったりするものだが。やはり現実は甘くないらしい。

「というかお前、この真夏にシャワーも浴びないで歩き回ってたってことか？」

たしかに今の話によるなら、最後にお風呂に入ってから四十八時間ほど経《た》っていることになる。時に冷房の効いていない田舎の電車を乗り継ぎながら、イスの上で夜を越えてここまでやってきたとすれば……。

「き、着替えはしたとよ？　ハンバーガー屋さんのトイレで！」

「そんな低い衛生基準で行動するんじゃありません」

「臭くないもん……」

「シャワー浴びる？　好きに使っていいから」

「ウチ臭くないけどありがとうございます」

「でもミオさんも帰ってきたところでしたよね？　シャワーまだなら俺の家のを使わせますから」

松友さんはそう言ってくれるけど、乳液とかスクラブとか、あとヘアケア製品も置いてないだろうし。だったらここは二日かけてやってきた子に先を譲りたいところ。

「私は大丈夫だから、裕夏《ゆうか》ちゃんお先にどうぞ？」

「いえ、ウチもいきなり押しかけてそんな」

「いえいえ」

「いえいえいえいえ」

「いえいえいえいえいえ」

「舌、噛《か》みますよ？」

正直ちょっと危なかった。このまま譲り合っていても口内炎になるだけだろう。

「あ、じゃあ……」

実は一回、やってみたかったことがあったんだ。

閑話①

『土屋さんは熱い夜を過ごしたくない』

おかえり

「土屋《つちや》先輩」
「どげんした村崎《むらさき》」
「これは雑談なので作業しながら聞いていただけますか」
「雑談か」
「雑談です」

日も高くなりだした頃合いで、右隣に座る後輩・村崎きらんがキーボードをカタカタ叩《たた》きながら声をかけてきた。先輩に対する態度としては叱るべきなのかもしれないが、実際問題として仕事を進めることは最優先。オレに対してだけそういう姿勢なのは職場内でも認知されているのでそのまま続けることにする。

オレ、土屋遥斗《はると》がこのデスクに移ったのは六月頭のこと。もともとここに座っていたマッツーこと松友裕二《ゆうじ》がお隣さんにヘッドハンティングを受けて転職し、代わりに同期のオレがスライドしてきたというゴキゲンな経緯がある。その時にマッツーの仕事といっしょに村崎の教育係も引き継いで、気づけばもう三ヶ月が経とうとしていた。

ちなみに前にいたIT部門にはオレの代わりにどっかのおばちゃんが入ったらしい。ここみたいな中小企業では人手の奪い合いは深刻で、当時の社長とズブズブだった早川課長《ハゲカツコウ》のパワーがＩＴ部門に勝った結果だとかなんとか。

それ以来、社内無線ＬＡＮの調子がすこぶる悪いのが気になって仕方ない。あのおばちゃん、いったいネット環境に何をしたんだろう。

「まず村崎から振ってくるとか珍しいやん。どげんした」

「あまり大きな声では言えないことなんですが」

「小さい声で言ってみ」

「私、今ちょっとお金が無いんです」

なるほど大きな声では言えない。

「やからメロンパンは一日三個までにしとけって言ったろうに」

「メロンパンで破産するなら本望ですが違います。適当なことを言うのお上手ですよね、土屋先輩って」

「おう、それで食っとるようなもんよ」

「人生いろいろですね」

思いつきで指示を飛ばしてくる上司をのらりくらりとかわす技術として役に立っている。もはや仕事の一部になっているのだから人間万事塞翁が馬だ。

しかし村崎が冗談に冗談でかぶせてくるとは本格的に珍しい。そう思ってちらと視線を右に向けてみれば、メロンパン好きを公言する後輩の目は真剣そのものだった。こいつ、本気でメロンパン破産なら受け入れる気だ。

「……それで、金が無い話やったっけ」

「はい」

「なんか使い込んだとか？」

「半分その通りといいますか……。どうしても買い取らないといけないものがあったので」

「大金が出てったタイミングで追い打ちがきた感じか」

子供みたいな見た目をしていても大人の女、守るべき一線は守るのが村崎きらんだ。つまらないことに生活が破綻するほどつぎ込むことはしないし、ちょっと困ったくらいで借金をするタイプではない。

それがわざわざ金欠をアピールしてくるとなれば、よほどの追撃がきたのだろう。

「うちのエアコンが壊れまして」

「あかんわ」

あかんわ。脳と口がシンクロするくらいあかんかった。

「想像しとったよりだいぶ一大事やった」

「買い換えはもちろん修理するお金もありません」

「さすがに命に関わるやろ。貸しちゃろうか？　利子はセパパッチでよかぞ」

「トイチとか三羽烏《さんばがらす》とかは聞いたことがありますけど、なんですかセパパッチって」

「ググってみ」

「……検索結果一件ですが。なんですかこれ、変な小説みたいなのが」

「検索で結果一件を狙って出すって難しいんやぞ。しかも一単語となれば奇跡の域よ。オレは一件ワードって呼んどる」

検索結果ゼロ件ならば適当な文字列を打ち込めば出せる。しかし一件となると一気に難易度が跳ね上がり、中でも五文字の一件ワードはおそらく最少にして最難関の世界だ。

「つまり利子との関係は？」

「無か。ひさびさに見つけた一件ワードやから言いたかっただけ」

「なるほど、とても土屋先輩らしい遊びですね」

たぶんディスられているのだろうが気にしない。

「ばってん八月にエアコン無いんはキツかね。それだけはオレにも本当によ——く分かるわ」

「なので、こうして仕事があるのも悪いことばかりではないと思っていたんです。冷房の効いた事務所で座っていられるわけですから」

「今は早乙女《さおとめ》さんが持ってきてくれた取引先に手一杯で、クソ暑い中の外回りも少なくなっとるしな」

「ミオさん特需ですね。事務作業だけで十分な量です」

いつの間にか呼び方が『ミオさん』に変わっている後輩に、女同士で秘密の会話が行われていることを察したりする午前十一時。

「たしかにこれは特需やなー。ほれ、この伝票一枚がボーナスの何円かに繋《つな》がっとると思うとやる気も出る出る出る湧いて出る」

「やる気、出ますか？　土屋先輩はやる気が出て出て湧いて出ているんですか？」

地雷を踏み抜いたか、村崎の声のトーンが変わった。

だが待て村崎、待ってくれ後輩の村崎。

「言うな、その先は地獄やぞ」

「言わなくても地獄です先輩」

「それもそうやな後輩」

「なんで……」

それまでパソコンに向けられていた村崎の目が、初めて上に向いた。

「なんで事務所のエアコンまで壊れてるんですか」

「もともとボロかったけんねぇ」

村崎の視線を追うように天井を見上げると、『故障中』のコピー用紙が貼り付けられたエアコンの吹出口が物言わぬ姿で佇《たたず》んでいた。せめてもの抵抗に窓は全開にしているものの、ぶら下がったコピー用紙がぴくりとも動かないせいで完全なる無風なのだと思い知らされて余計に暑い。

「ううぅあづいー……。あづいでずー……」

「村崎が聞いたことなか声ば出しとる」

「あーづーいーでーずー……」

時は八月、場所は東京ド真ん中。気温は毎日真夏日どころか猛暑日である。

そんな環境で、一日の中で若干でも涼しいのは行き帰りの満員電車だけ。村崎の人格も変わろうというものだ。

「修理の業者は来週まで来られんらしいけん我慢しい」

「明日には溶けます……。せめて扇風機でもあれば……」

「扇風機はなかけど、これ貸しちゃろう」

「なんですか、これ」

「キーボードの掃除するシュコシュコ」

ゴムでできた小さなラグビーボールからチューブが伸びたような外見のアレである。ラグビーボール部分を手で握るとチューブの先から空気が吹き出してホコリなんかを吹き飛ばしてくれる。

ちなみに正式名称は『清掃用ブロアー』という。

「たしかに風は起きますけど……」

「まあ騙《だま》されたと思ってシュコシュコしてみ」

シュコシュコ。

シュコシュコシュコシュコシュコシュコシュコ。

黒いチューブを自分の顔に向けてシュコシュコする村崎。半信半疑だった割にけっこうシュコシュコしている。

「ゴム臭いけど意外と涼しいですね、これ」

「やろ?」

「これでどうにか乗り切れるかも……」

ただしシュコシュコにはひとつ欠点がある。

「両手が塞がるけん、シュコってる間は仕事できんのが難点やけど」

「冬が来るまで帰れないじゃないですか」

オレが愛用しているシュコシュコはパワー重視のLサイズ。村崎の小学生サイズの手には少しばかり大きく、両手でないとシュコシュコできない。

よってタイピングはおろか電話もとれない。

「人生ってのはままならんもんやな」

俺だったらどっかの店で一晩粘るとかもできないことはないが。二十四時間営業のハンバーガー屋とか。

「流石にムリです……。ううう……エアコンの効いたミオさんの家でウノやりたいですー……」

「ええやん。俺は最後の一時間だけ参加させてくれ」

「なんで最後だけなんですか？」

「なんでも」

前回、村崎《むらさき》が一回勝ったらやめようルールで夜を徹しての死闘が繰り広げられたことをオレは忘れない。

「マッツーは半同居やから強制参加やろ。メンツは足りる足りる」

「お隣同士で半同居ってすごいですよね。ミオさんに訊《き》いたところでは、松友《まつとも》先輩と付き合ってるわけではないそうなんですが」

「それをストレートに訊ける村崎も割とすごいわ」

あの二人の関係はなんともよく分からない。ただの雇用関係と言いつつ秘書とか家政夫みたいなものではないようで、かと言って彼氏彼女かと言われればそれも違うようで。

なにしろ事情が難解すぎてどこからどう訊いていいものかも今ひとつ分からない。そこを直球で突っ込んだとすればさすが村崎きらん、なかなかになかなかである。

「たぶん褒められていないんでしょうね」

「三割五分くらいは褒めとる。がんばれば首位打者狙えるけん精進せえ」

「善処します」

村崎がとても誠意のこもった返事をくれたところで、いったん会話が途切れる。もちろん仕事中なので伝票を整理したり数字を打ち込んだりの作業が始まるわけだが。

暑い。

やっぱり暑い。

ただひたすらに暑い。

目の前がパソコンだけになおさら暑い。パソコンと自分のどっちが先にオーバーヒートするか心配なレベルで暑い。そういえば男って高温になりすぎると子供が作れなくなると聞くが、オレの遺伝子はまだ無事なんだろうか。

そう村崎に訊いてみようとして、セクハラだと気づいてやめた。

「ぢゅううううう」

「……村崎？」

「すみません、ちょっと涼しくなるかと思って」

隣を見れば、いつも通りのクールな顔でパソコンに向かっている村崎。しかしその手はぴくりとも動いていない。

画面の向こうのどこか虚空を見つめながら、口からは「ぢゅううううう」と空気の漏れるような奇音を発している。これはそろそろ拙《まず》いかもしれない。

「……お？」

そんな折、マナーモードにしてあるオレのスマホが小さく震えた。画面には緑色のポップが浮かび、メッセージが届いたことを伝えている。

「どうしました？」

「噂《うわさ》をすれば影やわ」

ことわざというのは侮れないもので。このタイミングでマッツーからのチャットが届くとは思わなかった。どうやら写真を送ってきたらしい。向こうはきっと家にいる時間だろうから、かき氷とか冷やし中華の写真だろうか。正直涼しげなものならもうなんでもいい。

そう思ってチャット画面を開き。

すぐに閉じた。

「松友先輩からですか？」

「ああ、写真ば送ってきた」

「なんのですか？」

「素麺《そうめん》」

そう、送られてきたのは素麺の写真。見た目にも涼しげな夏の風物詩のアレ。

「涼しげでいいじゃないですか」

「……そう思うなら見るか？」

「そう訊くことが不穏なサインだということは私にも分かります」

とは言いつつも気になるのか、村崎が隣からスマホを覗《のぞ》き込んでくる。画面を傾けてやりつつ、オレはマッツーからのメッセージを再表示した。

松友裕二：
鍋焼き素麺を作ってみたんだが、麺が細くてとりづらいのが欠点だな

そこにはゴキゲンなコメント付きで、卵と天かすと素麺の入った土鍋が盛大に湯気を立ち上らせていた。

「…………」

「…………」

もともと静かだった酷暑の事務所に、しばし静寂の時が流れる。

「……村崎、今夜の予定って空いとうや？」

「内容しだいで空いています」

「ウチで冷房マックスにして鍋やるけん付き合え」

「仕方ありませんね」

音速で仕事を終わらせよう。

無言の合意のもと、オレたちはそれぞれのパソコンに向き合った。

兄妹で何歳までいっしょにお風呂に入るか。

ご家庭によって差はあるだろうが、おそらく全国の兄妹にとって永遠の命題だと思う。

あらかじめ断っておくが、銭湯の男湯に入れない年齢になってからも、

「やだやだ、お兄ちゃんと入るー！」

なんて言い出す妹は実在しない。少なくとも俺は会ったことがない。ある知人に至っては脱衣所に近づくだけで『警戒の匂い』を発するのが鼻で分かるという。

ではうちの裕夏《ゆうか》がどうかというと。

「裕夏ー、タオルは洗濯機の上に水色のやつ置いとくから、それ使えー？」

「分かったー。兄ちゃん兄ちゃん」

タオルを置きに脱衣所に入ると、裕夏の方から話しかけてきた。警戒の匂いはしないが、もっと危ない何かを感じる。

「どうした、何かあったか？」

「背後にある女体の全てがすごい」

「やめなさい」

こんな感じである。ミオさんも入っているからサッと置いてサッと出ていくつもりだったのに。浴室の中からはスポンジをシュワシュワする音と、ミオさんがいつも使っているシャンプーの香りが漂ってくる。

「ゆ、裕夏ちゃん動かないで……」

ミオさんいわく、誰かと背中を流し合うのを一度やってみたかったのだという。海に行った時に村崎とやろうとしたところ村崎が背中に日焼け止めをうまく塗れておらず、大浴場では触れることすらできなかったとか。油断すると俺すら誘うし本当にやりたかったのだろう。

反射的に浴室に視線を向ければ、くもりガラス越しにふたりぶんの肌の色が透けている。この不鮮明なシルエットでも差がよく分かるのだから人間の個体差というのは興味深い。興味深い、が、そこからの妹の行動発言にはある程度の推測が立つわけで。

「あ、兄ちゃんも見る？　ドア開けようか？」

「裕夏ちゃん!?」

やめなさい。

「すみませんミオさん。こいつ、姉さんくらいとしか入ったことないからかテンションがおかしなことに」

「それでこんなことになるの……？　他にもお母さんとか……」

「あーいや、それは……」

「あ、じゃあ兄ちゃんに説明するけん聞いとってね。上からこう、ドンッてあってドンッてあって、キュッときてまたドンなんだけど上のドンッの先っぽが小さ」

「裕夏ちゃん！！？」

やめなさいて。あんまり聞いちゃいけないことまで聞こえた気がする。

「裕夏」

「なにー？」

「ここは六〇三号室だ。家の主は？」

「早乙女《さおとめ》さん」

「つまり、その人はお前をそのまま外に放り出す権利を持っている」

「……このまま？」

「ありのままの姿見せながら福岡まで帰るか？」

「『身ひとつで福岡から出てきた妹が、もっと身ひとつにされて帰宅チャレンジしてる件』？」

ビデオ屋でのれんをくぐった先に売ってそうなタイトルが出てきた。どこで覚えてきたそんな構文。

「し、しないわよ？」

しないとミオさんは言う。すなわち。

「できないとは言ってない」

もちろん実際にそこまでやったら色々な法律にひっかかると思うが、法律の知識もスマホもついでに服もない裕夏にそれを判断する材料はなく。

「……早乙女さん、お背中、お流ししましょうか？」

裕夏、折れた。

「え？　でもさっき流してもらったし……」

「じゃあ全身洗いましょうか」

「さっき洗ったし……」

「じゃあ中まで！」

「中って!?」

やめなさい。

◆◆◆

ミオさんが妹を拾ってきた。

何を言っているか分からないと思うが、俺にも何が起こっているのか分からなかった。

人違いだとかドッキリだとかそんなチャチなもんじゃなく、俺が料理をしている横でシャンプーの香りのする肌ツヤッツヤの妹が何かを悟ったような目をこちらに向けている。

「兄ちゃん」

「なんだ」

「すごかった」

「そうかー」

「すごかったー……」

語彙力を失っている辺りが妙にリアルだ。〝見て〟きた者の凄《すご》みを感じさせる。

そして裕夏いわく。

「でもさすがにマンションのお風呂で大人ふたりはちょい狭かった」

「大人?」

「狭かったと!!」

「だから俺の家の風呂を使えばよかっただろうが」

「裸の付き合いで兄ちゃんと早乙女さんの関係について聞かんといけんかったから」

「お前、俺が出ていった後でそんなこと聞いてたのか」

要は、そこを根掘り葉掘り聞くためにわざわざ一緒に入ったらしい。羨ましいわけじゃないが余計なことを。

「けど教えてくれんやった……」

「そうなのか？」

兄が会社に見放されて隣のお姉さんに雇われているという事態は人によってはショッキングかもしれないから、ミオさんなりに気を遣ってくれたということだろうか。

「『おかえり』って言ってもらうために兄ちゃんを雇った、って」

「うん？」

「確実に家にいてもらうためにはセンギョー？　やないといけんから、月に三十万円も払っとるって」

「専業な。それだけで食っていくことだ」

「そんな感じにごまかされた」

なるほど。

「俺も改めて冗談にしか聞こえなかったが、冗談じゃないんだ」

「兄ちゃんまでごまかすと？　ウチそこまで子供やないっちゃけど！」

気持ちは分かる。俺だって裕夏がバイトを見つけたとして、『隣のおじさんの家で「おかえり」って言う仕事』だとか言い出したら。

「それはダメだ。それは違う意味でダメなやつだ」

「兄ちゃん何言いようと？」

「いや、なんでもない。しかしどう言ったもんかな、ミオさんは何もごまかしてないんだが……」

「意地でも教えん気ってことね」

「そうじゃなくてだな」

「なんでよ！　キレイなお姉さんを言葉巧みに口説き落として都合のいい女に仕立てた兄ちゃんが、家がお隣なんをいいことに爛《ただ》れた生活しとっても別に驚かんし！」

「驚いてくれ。そこは驚いてくれ。お前の中で俺ってそういう人間なの？」

「でも、昔から友達に兄ちゃんのことよく訊《き》かれるし……」

「え、マジで？」

「割と」

衝撃の事実を知ってしまった。いや、仮に八歳下の妹の友達にモテていたとしてもどうしようもないんだが。

「信じがたいのはよく分かるが、ミオさんの言ったことは全部事実だ。別に何もごまかしちゃいない」

「そうなん？　本当に？」

「そうなんだ」

「早乙女さんの苦手な掃除や料理を代わりにやっとるのも？」

「本当だ。今まさに作ってる」

「兄ちゃんが、早乙女さんのために昔なくしたぬいぐるみを捜してあげたのも？」

「本当だ。おかげで今もこの仕事が続いてる」

「本棚の絵本が兄ちゃんの趣味っていうのも？」

「すまん、それは嘘《うそ》だ」

恥ずかしいからって俺になすりつけないでくださいミオさん。

「じゃあ『おかえり』って言ってもらうために三十万で雇われたっていうのは？」

「そこは本当なんだ」

「……それ、どうなん？」

「仕事としては非常に楽しい」

「いや、それって世間的にはヒ……」

「裕夏、肉巻きできたからテーブルに運んでくれ」

「肉!!」

よし、うまく離せたな。真夏の暑い中を長く旅してきたにしては心身ともに元気そうなのは何よりだ。

しかし問題は、だ。ここまで話してみても裕夏が東京までやってきた目的が見えてこないことだ。家出の理由はじいちゃんとケンカしたからだとして、東京まで来て何をするつもりだったのかが全く分からない。

「雨露をしのぎたいだけなら、中学の頃の友達ん家《ち》に転がりこむくらいはできるよな、あいつなら」

何かある。多少の無茶をしてでも東京にたどり着きたかった目的が。一回訊かれて答えなかったのだから言うつもりもないのだろう。

「裕夏《ゆうか》、この際だから詳しいことは訊かないが、東京にいる間はどうするつもりなんだ？」

何も考えず、ただ勢いでやってきたという可能性ももちろんある。それなら特にやりたいこともないだろうし、家でゴロゴロさせておくのも建設的でないので渋谷か池袋にでも連れて行ってやろうかとも思ったが。

「バイトしたい！」

即答であった。

「筑紫浜《ちくしはま》高校はバイト禁止だったはずだが」

「稼がんと帰りの交通費もないけん、ずっとここで暮らさんといけんくなる」

「やめてくれ」

高校生の妹と一つ屋根の下で二人暮らし。マンガや小説ならまだしも、現実に起こって嬉《うれ》しいイベントじゃ多分ない。

「なんかあるかな？」

「派遣バイトくらいならあると思うが……」

東京まで来てするのがレジ打ちやイベント会場設営というのもどうなのだろう。東京ドームでビール売りとかならある意味で東京でしかできない仕事だが、それなら福岡にだってドームはある。東京ドームより大きくて七回の表と裏の間にはジェット風船が飛ぶやつが。

「帰りの交通費が二万円ちょいとして、こっちで買い物くらいしたければバイトを一週間ってとこか」

「できれば明後日までにお金ほしか」

「明後日」

文無しだからとりあえずの金が欲しいのは分かるが、明後日とはまた急な。

「うーん、即日支払いで、女子高生にもできて割もいいバイトか……」

「あるやろか」

「そうだな、例えば……」

女子高生で、即日で、大金が手に入る方法。

「…………」

「…………」

「兄ちゃん、今なん考えた？　エロいことかドスケベなことか、どっち⁉」

さっきからそうだが下ネタに磨きがかかっている気がして兄は心配だ。

「いや、裕夏だと客を見つけるのが大変そうだと思って」

「学校じゃ『絶対好きな人はいる』って言われるっちゃけど!!」

「マニア受けか」

「ふんっ！　ふんっ！　はっ！」

「いてっ！　いてっ！　兄を蹴るな！　おい！」

裕夏の身長はたしか百四十九センチ。パワーはないが低い位置からえぐり込むような蹴りが入るので地味に痛い。包丁や火を使っていないのをきちんと目視確認してから蹴る辺りがまた賢いと同時にたちが悪い。

「だいたいなんで東京まで来てバイトなんだ。なんか買いたいもんでもあるのか？」

「文無しに人権無し」

「我が家で育った子供は必ずその結論に至るよな」

金があっても幸せとは限らないが、金がないのは不幸である。経緯はそれぞれ違うがうちの姉兄妹《きょうだい》は全員そう考えるに至っているのだから遺伝子と環境は恐ろしい。個人たちの意見です。

「ここに来るための六千円で、今年と去年のお年玉もなくなったし……」

「千裕《ちひろ》姉にもらったやつだったのか、あれ」

千裕姉は俺の三歳上で社会人だ。今年の正月も裕夏に——松友《まつとも》家は大学生からお年玉なしの文化なので俺は対象外——お年玉をやっているのを見た記憶がある。それがなければ本当にヒッチハイクで東京まで来ていたかもしれない。

「買ってあげようか！」

「ミオさん」

果たして兄として小遣いくらいやるべきか、やるとしていくらが適当か。思ったより早くやってきたその機会に思考をめぐらしていたところで、部屋着に着替えたミオさんが現れた。

「久々に髪をバッサリ切ろうかと思ったわ」

「大変そうですもんね、乾かすの」

「ウチの倍くらいかかっとる」

一緒に入っていたはずの裕夏よりずいぶん遅いと思ったら、髪を乾かすのにかかる時間の差だったらしい。

「裕夏ちゃん、何か欲しいものあるの？」

「え？」

「プレゼントしていい？　私、これでも平均よりは稼いでるから！」

平均どころか二十八歳で月手取り五十万もらってる女性は上位〇．一パーセント以下のスケールだ。今では俺を雇うのに月三十万——食材費は折半なので実質はもう少し安い——を出しているので月の収支はトントンだが、それも今後の昇給が堅いから不安はないという強者具合である。

「え？　え？」

「せっかく東京まで来たんだから、時間を有効に使った方がいいと思うの。バイトが無駄とは言わないけど東京でしかできないことをしたほうがいいんじゃない？」

「でも……」

「大人に甘えるのは学生さんの特権よ？」

「……いえ、やっぱりいいです」

さすがに今日会ったばかりの人にものをねだるのは抵抗があったか、俺が止める前に裕夏が手を振ってノーを出した。

「ミオさん、気持ちはありがたいんですが……」

「そ、そう？　無理にとは言わないけど、必要になったらいつでも言ってね」

やたらと乗り気なミオさんの様子は気になるものの、風呂上がりに金の話ばかりするのも味気ない。ひとまずはテーブルの上に並べたものを片付けるとしよう。

「とりあえずご飯にしましょうか」

「あ、そうね。冷めるもんね」

10000
壱万円

「今日は素麺《そうめん》の肉巻きですよ」

金の話より飯の話の方が生物として健全だ。

と、食事に話題を切り替えたところで、裕夏が俺のシャツの裾を引っ張ってきた。

「兄ちゃん」

「ここの家主はミオさんだ」

「早乙女さん！」

「は、はい」

今さらな感じはあるが、松友家の娘はなんとなくの流れで他所《よそ》の家の食卓につくようには教育されていない。

「ご飯、ごいっしょしてよかですか」

「あ、どうぞどうぞ」

ミオさんの返事を待って、裕夏は右の拳を天に突き上げた。

「ふ……」

「ふ？」

「二日ぶりの米――――――!!」

第4話『早乙女さんは分からない』おかえり

「何かと何かがくっついたら、元のふたつを合わせた重さになって増減はしないっていう法則ですね」

「質量保存の法則って覚えてる？」

「なんでしょうミオさん」

「松友さん」

　中学校の理科で習った記憶がある。水素分子二個と酸素分子一個で水分子二個になって質量は変わらないとかいうアレだ。

「義務教育で習った物理法則に、今初めて疑問を持ってるわ」

「じきに慣れますので」

　人間の胃というのは、一日あまり食べずにいると縮んであまり量が入らなくなるという。逆に継続して量を食べておくことで、胃が広がって多く食べられるようになる。フードファイターが試合前日に本番なみの量を食べるのはそのためだ。

　なんて理屈を一切無視して裕夏は食っている。二日をおにぎり型のせんべいとハンバーガー一個だけで過ごした恨みとばかりにひたすら食っている。小さな体のどこにあの量が収まっているのだろう。

「裕夏《ゆうか》ちゃん、おいしい？」

「はい！」

「素麺の肉巻き、いる？」

「ありがとうございます！」

「キャベツいる？」

「ありがとうございます!!」

「カラシいる？」

「いりません！」

なんだろう、この親鳥とヒナを見ている感じ。

「ミオさん、餌付けしなくていいですから。裕夏ももらうな」

「じゃあおかわり」

「じゃあとは」

「松友さん」

「すみませんミオさん、二日間まともに食べてなかったせいか遠慮がなくて」

居候三杯目にはそっと出し、なんて言葉がある。なるほど、身内が居候になってみて初めて意味が理解できた気がする。

さすがに目に余ったのだろうか、ミオさんも真顔になっているようだ。

「うちの炊飯器、五合炊きだけど足りるかしら……!?」

ご飯の残量を真剣に気にしてくれていた。語ったことがないからはっきりとは言えないけど、今のミオさんはたぶん、日本経済の行方とか語る時と同じ顔をしている。

「土鍋を動員して炊いてます」

「土鍋」

「ちょっと新しい料理を試作するために出してあったんですが、おかげですぐに対応できました。試作のほうはまだ試行錯誤中ですが、人生万事塞翁が馬とはよく言ったものですよね」

「土鍋で炊くと味って変わるの?」

「そうですね……」

味というのは主観的なもので好みもあるから、もちろん一概には言えないが。

「日本刀ってあるじゃないですか」

「あるわね」

「あれって今も全国に刀匠さんがいて、新しい技術が進歩し続けている分野らしいんです」

「ええ」

そうして優れた刀も多く作られているが、トップクラスの名刀ということで言えば鎌倉時代ごろに作られたものが最高峰になるらしい。

「当時の技術には失われたものも多くて、目標は鎌倉時代っていう人もいるんですよ」

「千年前の職人技が最新の技術を上回ってるのね」

「炊飯器にとっての土鍋はそういう存在だと思ってます」

「なるほど」

「手の関節を使って水の量を調整するのがコツです」

目安は米の深さの二倍である。指の関節はだいたい等間隔なので、鍋の底に手刀を突き立ててやればものさしとして使える。そんなアナログな方法でも最新式炊飯器と同等かそれ以上の白飯ができるのだから土鍋ってすごい。

なお、上記はすべて松友裕二《ゆうじ》個人の意見である。

「おかわり！」

「もっとよく噛《か》みなさい」

もっともそんな超技術を東京で初めて使うのが、いきなり押しかけてきた妹の食欲に対応するためだとは思っていなかったけども。そうして炊いた白米も現在進行形で量を減らしていっているけども。

この調子で食い続けられたらえらいことだが、これも妹だから知っている。

裕夏《こいつ》は、食うとすぐに眠くなることを。

◆◆◆

「とりあえず、俺の部屋に寝かしてきました」

裕夏は、食べると速攻で眠くなる。

この癖は俺が実家にいた頃から変わっておらず、食べて即船を漕《こ》ぎ始めた裕夏を俺の布団に放り込んだのは夜十時。長旅の疲れもあってかかなりの快眠だった。

「……台風のような妹さんね」

「なんかすみません」

買い物から帰ってきたらなぜか妹がいて、しなくていい逃走劇と読み合いに勝利し、やっと夕食になったと思ったら全てを食い尽くす勢いの食欲への対応を迫られて、というのが今夜の流れだ。

もう一週間ぶん疲れた気がする。世の育児に励む親御さんたちへの敬意を抱きつつさっさと寝てしまいたい気分だが、その前に確認しておきたいことがあった。

「ところで今日はどうしたんですか、ミオさん」

「へ？」

「裕夏にずいぶんお金を出そうとしてくれますが……」

ミオさんはお金で解決しようとすることも多い人だけど、それはコミュニケーションの代替手段だったりするだけで無計画な浪費家ではない。むしろ俺と出会う前の生活は倹約家そのものだったはずだ。

「前から妹が欲しいとは言ってましたが、誰かと仲良くなるためにお金を出すことなんてなかったじゃないですか。どうして急に……」

「へ、変だったかな？」

「変ってわけじゃないですけど、どうしたのかなーと」

「その、特に理由があるってわけじゃなくて、ただお金を使いたい気分だったというか……」

「だいぶ不健全な気分ですねそれは」

「そういうこともあると思う！」

「ミオさん、人間って、嘘《うそ》をついている時は左上を見るんですよ」

「……そうなの？」

何かを空想する時は左上、何かを思い出す時は右上を見るという研究結果があるらしい。右脳と左脳の機能差によるものとも言われているが、原理はともかく嘘、つまり空想をしている時は視線が自分から見て左上に向くのが人間の仕組みなのだという。

「そうなんです」

「へ、へー」

右下を向き出した。分かりやすいなこの人。

「つまり、嘘ついてたんですね」

「うぐ」

「別にミオさんが左上を向いてたから言ったわけじゃないですしね」

科学的に型にはめて考えていれば全部が分かるほど、人間って生き物も単純じゃない。

ただ、『どうってわけじゃない、なんでもない、理由なんてない』。そういうことを言って、本当にどうってわけじゃない人の方が希少だというのが俺の持論なだけだ。

「えっと、理由っていうなら、その……」

「ええ」

「さっき、お風呂で裕夏ちゃんに聞いたの」

どこか歯切れの悪い様子で、ミオさんはこう切り出した。

いっしょに入った時の会話。裕夏は俺とミオさんの関係について聞いたと言っていたが。

「聞いたっていうと？」

今度は嘘のせいではなく動揺のためだろう、次の言葉の前に、ミオさんは少しだけ目を泳がせた。

「松友《まつとも》さん、ご両親を亡くしてるって」

「……ああ、そのことですか。すみません、隠してたわけじゃないんですけど」

俺の両親、松友裕作《ゆうさく》と千佳《ちか》は俺が小学生の時に交通事故で他界している。それからは父方の祖父母が俺たち三人を引き取って育ててくれた経緯があり、特に当時まだ二歳だった裕夏にとっては親といえばほとんど祖父母の記憶しかないだろう。

わざわざこちらから言うことでもないので、気がつけば話す機会もないまま今まできてしまった。

「言ってももう十何年も前の話ですから。そんなことで気を遣っていただかなくても」

「これも裕夏ちゃんが言ってたけど、松友さん、ご両親が亡くなったのを知らされるまで開かない家のドアの前でずっと待ってたって」

「……ええ」

「三ヶ月前、私が鍵をなくしてドアの前にいた時に助けてくれたのって、もしかして」

ミオさんに、当時の自分を重ねていたからじゃないか。そう言いたいのだろう。

正直言って自分でも分からない。あの状況なら良識として助けたかもしれないし、助けたとしてベランダを飛び移るまではしなかったかもしれない。

もっとも両親が健在なら、たぶん俺はもっと違う人生を歩んでいて、あの日このマンションでミオさんと出会うことはなかっただろう。無意味といえば無意味な仮定だ。

「その時のお礼っていうのなら気持ちだけ受け取りますって。それで妹にまでお金を出してくれることはないですよ」

「その、それも理由ではあるんだけど……」

もうひとつあって、と前置きして、ミオさんは続けた。

「……私も買ってほしかったから」

「ミオさんも？」

「私が小さい頃はそうでもなかったけど、小学四年生くらいから色々あって家が厳しくなって……。経済的には恵まれてたから学費とかは出してもらえて、でも流行《はや》り物なんて無駄、中学生や高校生が化粧なんてとんでもない、みたいな環境で」

「ああ、クラスにひとりくらいいましたよね、テレビを見せてもらえない子とかゲーム禁止の子とか」

お母さんが変わっているとこの前言っていたから、それによる変化だろうか。小学生には精神的に辛《つら》い時期だったろう。

「それが辛いのは私も分かるから。理由が経済的なものなら、ましてご両親の不幸が因《もと》のことならなんとかしてあげたいなと思って……。やっぱりおかしいかな？　他所《よそ》のお宅の教育方針みたいなものだし私が口出しするのも……」

「いいえ。いいえ」

おかしくない。俺だってそうだった。

両親の保険金が入っても、祖父母は元々裕福ではなかったから教育費にあてるので精一杯。小づかいなんてもらえない月の方が多かった。もし両親が生きていれば、金持ちの家に生まれていればと、そう思ったことは一度や二度ではない。

働かざる者食うべからず、とよく言われる。

なるほど、実にごもっともだ。ならば周りが働かずに食っている時にひとりだけ働かされれば、健全で崇高な精神が養われるのか。そんなものはたちの悪い冗談でしかない。健全どころか周りとの食い違いで傷つき、歪《ゆが》んでいくのが目に見えている。

「何もおかしくはないですよ。自分が辛かったから裕夏《ゆうか》にはそうなってほしくないって、立派な理由じゃないですか」

「そう、かな」

金があることが幸せではないと声高に言う人はいくらでもいるが、無いよりはあった方がいいに決まっている。それを否定するのは現実を直視していないだけだ。

「正直に言って、俺もミオさんと同意見です。ましてやうちは『出さない』でなく『出せない』ですし」

「じゃあ……」

事情は分かった。そういうことなら、金を出してもらうこと自体は、ミオさん本人がいいというのならいいのかもしれない。

「でも、たぶん違うんだと思います」

「え？　何が？」

「裕夏のやつ、何か隠してます」

そうなの？　という表情でミオさんが首をかしげる。

でも、それで東京まで来るのは違和感がある。

「家でケンカをした、だから家出した。裕夏の性格ですしそこまでは分かります」

「それは東京を見たかったからだって……。松友さんもいるし」

「全財産を使って、ですよ。遊ぶ金どころか引き返す旅費すらないのに、『ケンカした勢いで』なんて理由で兄の家に押しかけるほどネジの緩んだ妹ではないつもりです」

「……初めて声をかけた時の受け答えとか、しっかりしてたものね」

「ええ、なので何か隠しているんじゃないかと」

「でも、裕夏ちゃん本人は何も言わないんじゃない？」

ミオさんの言う通り、きっと普通に訊《き》いてもはぐらかされるだろう。

事情があるといってもそんな大層なものではたぶんない。きっと大人から見れば些細《ささい》なつまらないことで、それを裕夏も分かっているから口に出さないし、出せない。そういう理由じゃないだろうか。

「なので、まずは家出の事情を知ってそうなのに訊きます」

「そんな人、いるの？」

いる。

スマホをいじって電話帳を呼び出して、ま行の一番上の欄。電話すると、一回めのコールが鳴り終わる前に通話が繋《つな》がった。

「もしもし」

『裕夏がそっちに行ったのね』

女性としてもやや高めの声質を、意図的に低く抑えた電話口。身内限定のこの声を聞くのは二週間ぶりだ。

「千裕《ちひろ》姉」

『なに？』

「話が早すぎる」

『あんた、『声が聞きたくなって〜』とか言って用もなく電話してくるタマじゃないでしょうが』

「確かに裕夏はこっちに来てるが、その話の前に紹介しとく。仕事でお世話になってる早《さ》乙女《おとめ》ミオさんだ」

「え、あ、早乙女です」

『仕事で？　あ、どうもどうも……？』

「裕夏がこっちに来た時に鉢合わせてな。面倒もみてもらってるんだ」

もののついで、というと言い方が乱暴だが。向こうに帰った裕夏の口から俺とミオさんの関係について説明されるとあらぬ誤解を生みそうなので、ここで先回りで紹介しておく。

『裕二《ゆうじ》と裕夏の姉で、長女の千裕と申します』

うちの姉兄妹《きょうだい》は三人。末が裕夏、真ん中が俺。そして、一番上がこの松友千裕だ。

「あ、ご丁寧にどうも……」

『この度はすみません、うちの愚妹が本当にご迷惑を』

「愚妹」

今日びなかなか聞かない表現が出てきた。

ちなみに千裕姉はホテル勤務。なるべく訛《なま》りはない方がいいと言って日頃から標準語で話している。

『で、裕夏はどう？　ちゃんと食べてる？』

「エンゲル係数が跳ね上がった」

『上等ね』

「こっちも手早く訊く。なんであいつが東京まで来たか、事情くらいは知ってるんだろ」

『旅費を渋られたから』

「旅費？」

旅費。読んで字のごとく旅の費用。

「旅費を渋られたから旅行するってどういう理屈だ？」

『裕夏の友達グループで、夏休みに東京まで遊びに行こうって計画が持ち上がったらしいのよ』

「……なるほどな」

松友家の小遣いは高校生で月に三千円。家計の事情が悪いと五百円になったりゼロになったりもする。裕夏の通う筑紫《ちくし》浜《はま》高校はアルバイト禁止——福岡ではバイトＯＫの普通高校は珍しい——なので、万単位の金が必要なら半年や一年の単位で備える必要がある。

となれば、夏前に盛り上がって決まったものに対応できるはずもなく。

『手持ちのお金じゃ東京まで行けもしないってことで、じいちゃんに談判したのよ』

「それで、どうなったんですか？」

ミオさんも一応訊いてみるが、ここに裕夏がいることが回答だろう。

『そういうこと。往復の交通費と滞在費だけでも五万円以上はするからね。ウチには無理よってね』

「でもそれだけで家出まではせんだろ。じいちゃん、何言ったんだ」

『私もその場にいたわけじゃないから知らないわよ。まあ、ばあちゃんに聞いた限りだと

『いつも通り』ね』

「ああ、『いつも通り』か」

「松友さん、いつも通りって？」

たぶん我が家に限った話でなく、裕福でない家の出身者ならだいたい言われたことがあるんじゃないだろうか。

「『なんでそんなとこ行かなきゃならないんだ』『お前にはまだ早い』『本当によく考えたのか』の三点セットですよ」

「厳しい方なのね？」

ミオさんとしてはそう聞こえたらしいが、そんな殊勝なもんでもない。

『じいちゃん的には、貧乏を感じさせないための気遣いのつもりらしいわ』

「不器用っていうかズレてるんだよな……」

「そうなの……」

『そんな感じで、じいちゃんとケンカして翌日の朝にはおにぎり型のせんべいといっしょに裕夏が消えてた。私が知ってるのはそれくらいよ』

家に常備してある食べ物の中で旅行のお供になりそうなのがせんべいくらいだったのだろうと、千裕姉はあまり重要でないことを付け加えた。

「そういうことか……。だいたい分かった」

『で、どうにかできるの？　あの子もだいぶ意地になってるでしょ』

「どうにかするしかないなら、どうにかするよ」

『そう。まあ帰ってくる日が決まったら教えなさい。駅まで車出すから』

「そっちの不始末のくせに態度がでかい……。それと、こっちにいる間の裕夏の食費なんだが」

『じゃあねー。熱中症には気をつけなさい』

「千裕姉？　千裕姉!?」

じゃあねー。食い気味の一言を最後に音声は途切れ、スマホからはツーツーとおなじみの電子音だけが鳴り続いている。

「切られました」

「松友《まつとも》さんが電話する人、勝手に切る人多くないかしら……？」

「そうでしたっけ」

この仕事になってから電話をとること自体がだいぶ減ったが、そんなにだろうか。

「例えばほら、名倉《なぐら》さんみたいな名前の……」

「名倉さん」

どなただ。

「あ、あら？　モグラマンさんだっけ？　なんというか、ハンバーグとか思い出すような名前の」

ハンバーグを思い出すモグラの怪人。

「……アブラーマンですね！」

「そうそれ！」

アブラーマンこと朽木明《くちきあきら》前社長。俺にとって元職場にあたる会社の先代社長だ。

一ヶ月半ほど前、会社を潰しかけて社長の座を追われた激動の人物にして、俺がミオさんに引き抜かれた折には即決即応で売り渡すことを決めた決断力の男である。

「アブラーマンが俺を手放した時も言うだけ言って切られたんでしたね……」

「松友さんからそう聞いた気がするわ」

その折には「マツモトくん。君のことは忘れない」というありがたい言葉も頂戴している。初めから覚えていないのだから逆にすごい。俺の名前は松友《マツトモ》だ。

「そういえば、後任人事どうなったんだろう……」

「今度、土屋《つちや》さんかきらんちゃんに訊けば分かるかしら」

「……ああ、あいつらがあーちゃんを直した時も一方的に切られましたね」

こうして振り返ると、確かによく一方的に電話を切られている気がする。そういう星の下なんだろうか。

話が脱線したが、とりあえず裕夏《ゆうか》が東京にやってきた経緯はだいたい分かった。

「明後日までにお金が欲しいってことは、友達が東京に来るのがその頃だから合流したい、ってことよね？」

「そうだと思いますが……。たぶん、裕夏はもう半分諦めてます」

「……そうなの？」

旅行に途中合流できるかは本人たちのコミュニケーション次第としても、これから一日だけ仕事して遊ぶ資金を作り、友達が帰ったあとでさらに帰りの旅費を稼ぐというのは時間的にかなり厳しい。バイト経験のない裕夏だって金を稼ぐのがそんなに簡単じゃないことくらい分かっているはずだ。

「それでも頭から否定されて『分かりました行きません』とも言えないのが人の性《さが》です。意地になってここまで来たけど、遊ぶ金も着ていく服もなくてどうしよう。それが裕夏の実情だと思います」

それでもたいていの高校生なら涙をのんで部屋に籠もるところだろうが、とりあえず東京まで来る行動力はさすがというか。軽々に「おじいちゃんがお小遣いをくれなかったのでお兄ちゃんや早乙女さんにもらいます」と開き直れない意固地さも含めて厄介な性格をしている。

「お小遣いくらいあげてもいいのに……」

「保護者からもらうのとそれ以外はちょっと違いますから。そこなんですけどミオさん、ひとつ頼まれてもらってもいいですか」

「どうするの？」

結局やることは同じだとしても、妹の意地くらい通させてやるのは兄のつとめだし、子供の成長を見守ってやるのも大人の役目だ。

「ミオさんにしか頼めないことです」

翌々日、金曜日。

俺は裕夏を連れて新宿へとやってきていた。いくらかの猛暑対策が施されたといえど、正午の日差しに加えて熱されたアスファルトから立ち上る熱で上下から責められるのは福岡からやってきた人間にも堪《こた》えるものがあるが、そんな中にあって裕夏は。

「兄ちゃん」

「なんだ」

「ここ、男の子と女の子が入れ替わるアニメで見たことある……！」

全力で背伸びをしながらスマホで写真を撮っていた。できるだけ小綺麗《こぎれい》な格好をしろと言ったら着てきた白いブラウスが、真夏の日差しを反射しながらせわしなく動き回っている。

「……ああ、この辺だったか」

「ネットで比較画像見たことあるけど、マジにあるっちゃね……!!」

田舎者丸出しすぎるのもどうかと思うが、俺自身も上京して東京駅を出た時に『在来線が爆弾を積んで怪獣に突っ込んだ場所』を見て興奮を隠せなかったから何も言えない。

「いいから行くぞ。ここにいたら死ぬ」

「死ぬ」

「暑さで人は死ぬ」

　令和の夏の心得を説きつつ、新宿の繁華街を抜けてオフィスビルが建ち並ぶ通りへ。以前はこの時期でも黒背広を見かけたという日本のビジネスシーンのメッカも、近年の猛暑化とクールビズの普及で半袖シャツのサラリーマンが汗を拭きつつ歩く場所になっている。

「ビジネス街……？」

「今日は遊びに来たわけじゃないからな」

「え、違ったん？」

「お前は兄と新宿に遊びに来たいのか？」

「ううん、全然」

「そうだろうな、昔はお兄ちゃんといっしょじゃないとプールにも行かなかったのに」

「女の過去をほじくる男は嫌われるとよ」

　こうして全否定してくるのが、リアルな妹という生き物である。

「じゃあ、どこ行くん？」

「金策」

「バイトってこと？」

「そうじゃないが、まあお前が働いて稼ぐ金には違いない」

「……どういうこと？」

「ほら、着いたぞ」

通りを一本入った、ガラス張りのオフィスビル、その六階。エレベーターを降りると純白のフロアとエアコンの冷気が迎え入れてくれる、そんな空間が今日の目的地だ。

指定された部屋は廊下の三番目。ドアをノックすると、中にはスーツ姿のミオさんと、もうひとり。

「いらっしゃい。時間ちょうどですね」

「お手数かけます、おふたりとも。ほら、挨拶」

「え、あ、はじめまして、松友裕夏です。……そのバッジ、弁護士さん？」

ミオさんの隣、ライトグレースーツに身を包んだ女性の胸に光る、ヒマワリと天秤《てんびん》を象《かたど》った金色のバッジ。正式な名称は弁護士記章。一般的な呼び名を、弁護士バッジ。

ドラマで見たことある、と小声で言いながら裕夏は姿勢を正した。

「こちらは法務関係でお世話になってる弁護士の城鐘《しろがね》さん。今日は打合せがあったから、最後に五分だけお時間いただいたのよ」

「どうも、早乙女《さおとめ》さんにはいつもお世話になっております」

「ありがとうございます、お忙しいのに」

「いえいえ」

「これでいいの、松友さん？」

「ええ、ミオさんもありがとうございます」

会社を辞めて——辞めさせられてとも言う——約三ヶ月、俺にとっては久々になる型通りの挨拶を交わす大人たちの間では、裕夏が背筋を伸ばしていいのか曲げていいのかも分からないという顔でオロオロしている。

「兄ちゃん兄ちゃん？」

「なんだ」

「……なんなん？」

何が分からないのかもよく分からない、という意味なのだろう。

「千裕《ちひろ》姉から聞いた。お前、友達との東京旅行の旅費を渋られたらしいな」

「……電話したと？」

「そりゃするだろ。家出した妹の居場所情報なんだから」

「正論で殴る男は嫌われるとよ」

地味に胸に来ることを言う。

「……その友達たちが東京に着くのが明日らしいってことまでは聞いた」

「だから明日までにお金がいるって言ってたのよね」

「…………」

　ここまで話を聞いていた城鐘さんは、小さく首を傾《かし》げる。

「そこで『うちにそんな金はない』と突っぱねられたのが不満で家出したんですか？　それはたしかに残念ですけど、やっぱり家庭ごとの経済事情はあるものですし……」

　城鐘さんにはそこまで詳しくは話せていないのだろう、今聞いた事情からはそう聞こえるだろうが、実情は少し違う。

「いえ、その、違わないんですけど、違くて……」

　そう、違う。違わないけど、違う。

「『金が無い』って言われたら、むしろ納得できたんですよ」

　同じ家で、同じ経済状況で生まれ育ったから分かることもある。感情的で我儘《わがまま》で非論理的で、社会じゃ許されないような、でも家族だから通したい理由。

「と、いうと？」

「裕夏《こいつ》だって物心ついた時から今の松友《まつとも》家に住んでますから、自分の家に金がないことくらい分かっています。でも友達に誘われて、もしかしたらと思ってダメ元で訊《き》いてみたんでしょう」

「だったら……」

「でも、そこでごまかされたんですよ」

そう、ごまかされた。あるいは、ウソをつかれた。

「『何の必要があるんだ』とか『お前にはまだ早い』とか……。普段そんなこと言わんのに、急に言い出して」

「ミオさんならこの感覚、仕事の経験として分かるんじゃないですか？」

「……ええ。見積もりを出して、それが予算に合わないのは仕方のないことだけど」

城鐘さんにとっても目にする状況らしく、後半を継ぐ。

「そこで自分の見栄《みえ》のために『お前の見積もりの出来が悪いから発注しない』なんて言われたら、信用は確実に落ちるでしょうね」

「祖父母も悪意があってのことじゃないとは思います」

それでも。

それが『誠意』だ。

「それくらい言ってくれてもいいのに……」

よく『優しい嘘《うそ》』だとか『人を傷つけないための方弁』という言い方がある。しかし、使い方を間違えれば、特に嘘であることが見え透いているなら、それはただの嘘以上に誰かのプライドを傷つける。

「だからこれを用意した。時間も迫ってるからさっさと終わらせるぞ」

ミオさんから一枚の文書を受け取り裕夏に渡す。四枚のＡ４用紙を製本した形式のそれの表紙には『出資契約書』と書面の名前が印字されている。首を傾げながら受け取ったそれをまじまじと見つめたあと、裕夏《ゆうか》は顔を上げた。

「なんこれ」

「出資、つまりミオさんからお前に金を貸すための書面だ」

「借金は……」

しない主義。それが鉄則だと俺は考えているし、裕夏にもそう教えてきた。

だがあらゆるルールには例外がある。本当に金の貸し借りを全て禁止したら奨学金だって借りられないし、厳密に考えればクレジットカードだって一時的な借金だ。では、その線をどこに引くか。

「これは口約束の借金とは違うわ。貸す側と借りる側にきちんとした条件がつけられて、それに合意したことを示す書面よ」

「え？　え？」

「あなたの将来性を見込んで、個人的に投資をするってこと。勉強でも遊びでも、あなたの自由に使って経験を積むといいわ」

もっとも未成年者の契約には保護者の同意が必要なので、そちらは福岡にいる千裕姉にとりつけてもらった。ものすごい速さだったけどどんな交渉をしたのかは聞いていない。

「でも……。働かざる者食うべからずって言うしやっぱりお金は……」

金の貸し借りで崩れた人間関係の話は枚挙にいとまがない。ネットでそういう話を目にすることも多い裕夏であれば抵抗はあるだろう。

「考え方は人それぞれだとは思うが」

それを前提として。

「定年までサラリーマンをやるならそれこそ五十年、半世紀も働くのが人生だ。その前段階の高校生が一週間やそこらバイトした程度で人生がよくなったり悪くなったりするほど、社会ってのは簡単にできてない」

「半世紀……」

「学生のうちにお金がないのは仕方ない部分もあるけど、学生のうちにお金がないと積めない経験はたくさんあるわ。仕事はあとでたくさんできるから、今は今しかできないことをして頂戴」

若いうちの苦労は買ってでもしろと偉い年寄りは言うが。こちらに言わせれば、だったら買うための金をよこせという話だ。

「これを借りれば返す義務がある。借りたものを返すのは当たり前だが、その当たり前に形のある責任がつくんだ。分かるな？」

それが『大人』だ。

「合意される場合はここにサインを」

「えっ、ま、待って、ぜんぜん読めとらんくて」

「どうせ読んでも分からん」

「えー……」

表紙を除けば書面で三枚だから決して無理なわけじゃないだろうが、これはあくまで『勉強』だ。

契約書の中身をじっくり理解する勉強もいずれはするとして、今日の目的はむしろその逆。契約書を全て熟読していたら時間がいくらあっても足りない。生半可な知識で挑めば専門家の餌食にされるのが関の山だ。

「思考は停止せず、かつ信頼できる人の書面はそのまま信用すること。それを両立するのも社会人のコツだぞ」

「……大人って案外適当やね」

「大人の時間は貴重なんだよ。ほら、どうするんだ」

ペンを渡す。どう理由をつけようと、一人の人間として決断するのは裕夏だ。

「……分かった」

◆◆◆

「本当に助かりました」

　諭吉さんの入った封筒を受け取り、人生で最高額の現金を持ち歩いているという事実で挙動不審になっている裕夏を後ろに見つつ。俺たちは、今回のお礼と経緯の説明を兼ねてお昼をご一緒することになった城鐘《しろがね》さんと連れ立って新宿の街を歩いていた。

「いえいえ、お役に立ててよかったです。弁護士事務所《ウチ》の仕事ってこう、後味の悪いものも多いので……」

「ああ……」

「離婚調停や相続問題の畑に行った同期ほどではありませんけど、まあいろいろありまして。こういう爽やかな話は個人的にはありがたいですよ」

「なんでしょう、祖父の友人でケーキ屋をしている人がいまして。その仕事のいいところを聞いたことがあるんですよ」

「ケーキ屋のいいところですか？」

「お祝いごとのある人が来店するから、だいたい話題が明るいことだそうです」

　誕生日とクリスマスはド定番、さらに入学祝いに卒業祝いに就職祝い、大はウェディングケーキから小はお宅訪問の手土産まで。めでたい事があればとりあえずケーキを買いに行くのが日本人だ。

　一方、トラブルを抱えている人、抱えそうな人がやってくるのが弁護士事務所なわけで。

「なるほど、真逆ですね」

「そういうことですよね」

「あはは、私もちっちゃい頃はケーキ屋さんになりたいって言ってたんですよねー。毎日楽しくクリームを泡立ててイチゴを並べてチョコプレートに名前を書いてーって。それが今では立てるといえば立件で並べるといえば雑則で、契約書に甲と乙の名前を書いて……」

「……お上手で」

「ありがとうございます」

自分のウェディングケーキの想像図なんかも描いてたなぁ、と遠い目で呟《つぶや》く城鐘さん。

なぜだろう、真夏の新宿が少し涼しくなった気がする。

「と、とりあえず裕夏ちゃんが嬉《うれ》しそうでよかったわ」

隣で聞いていたミオさんが冷や汗を流しつつ割って入ってきてくれた。いつも自分といっしょにいる女性が、自分が別の女性と話していたら割り込んできた、って小さな男のロマンだと思うんだけど、まったくそういう感じがしないのはどういうわけだろう。

「ミオさんのおかげですよ。ありがとうございます」

「でも、裕夏ちゃんが家出した本当の理由までよく気づいたわよね。やっぱり兄妹だからなのかな」

「それもあるかもしれませんが、決め手になったのはあいつの服装でした」

「服装？」

「ミオさん、最初あいつのことを小学生かと思ったじゃないですか」

「早乙女《さおとめ》さん、それはひどくありませんか……」

「ちゅ、中学生かもとは思ってたわよ？」

「高校生とは微塵《みじん》も思わなかったわけですね」

　でもそれもある意味でまちがっていないのだ。

　裕夏は小学校からほとんど身長が伸びていない。それだけならさほど珍しい話でも無いが、たいていの人は背が伸びなくても『服装』や『化粧』で大人の外見へと移ろってゆく。逆にいえば、それができなければ『大人になれない』。

「ミオさんの家に上がりこんだ時の裕夏は、小学校の頃と同じ服を着てたんですよ」

「あのピンクのTシャツ、そんなに着てたの……？」

「買い換えられないんです。金がなさすぎて」

　ミオさんと城鐘さんが合点のいったように沈痛な顔をする。

　ミオさんの家で麦茶を飲んでいた裕夏は五年前と同じ、くたびれた服だった。東京に出てくるからには、あいつが持っている中ではいい服を選んできたはずなのに。

「いくら大人になろうとしても、環境がそれを許してくれないわけですから。そこで内面まで子供扱いされれば反発もします」

「……子供扱いされるのって中学高校の頃だと結構傷つくものね。卒業から十年も経《た》って忘れかけてたけど」

「一歳差がとにかく重い年頃ですからね」

「今になって思えば変な文化ですよね。先輩だ後輩だ、そんな一年や二年の差にどうしてあんなに躍起になっていたんだか」

　城鐘さんの疑問に、今の俺ははっきりとした答えを持ち合わせない。理屈をつけて説明しようと思えばできるのかもしれないが、それはきっといくらかのズレを伴う答えになる。

「理由はどうあれ一年の重みを毎日思い知らされる。そんな世界で五年も前に進ませてもらえないやつが意地で東京まで出て来たのに、割りの悪いバイトをさせて『これが社会経験だ』なんて言えませんよ」

　だから出資契約書。そんなものママゴトみたいだと言ってしまえばそれまでだが、古今東西、子供が大人になる時には形式張った通過儀礼があるものだ。

　そんなことを話していたら目的のラーメン屋『中華そば　ほむら』がもう目の前だった。

新宿の店は新宿の人に訊《き》いたほうがいいだろう、ということで城鐘さんにオススメの店を訊いたら名前が出たのがここである。なるほど、この激戦区で生き残ってきた風格を感じさせる佇《たたず》まいだ。

「でも妹さん、福岡から来てるんでしょう？　もっと東京らしいものでもいいんですよ？」

「ましてラーメン屋なんて福岡の方が多いくらいじゃ」

城鐘さんとミオさんが気を遣ってくれるが、実を言うと福岡県民にとってはこれほど東京らしい食事もなかったりする。

「たしかに、福岡は石を投げればラーメン職人に当たるくらいラーメン屋があります」

「だったらやっぱり他の料理に……」

「その全てが豚骨ラーメンの店です」

「全て」

「豚骨以外がメインのお店は一店舗も存在しないと？」

「訂正します。ほぼ全てです」

「なるほど」

さすが弁護士。言葉のアヤを見逃さない。

「つまり、豚骨以外がメインのラーメン屋というのは福岡県民にしてみれば県外へ出ないと容易に食べられないものである、と」

「あと単純に裕夏《ゆうか》はラーメンが好きです」

「そうなの……」

当の裕夏はといえば、田舎者丸出しでキョロキョロしながら俺たちの数メートル後ろを歩いている次第である。

「裕夏ー、食券買うから選べー」

「はーい」

ちなみに。福岡から東京へやってきてラーメン屋に入った人間の、おそらく九割くらいが驚くだろうことがひとつある。

「……たっか!?」

「高いよなー」

ラーメン一杯六百円。その感覚で生きてきた福岡県民にとって、東京のラーメンは約二倍の価格設定なのである。

「土屋《つちや》先輩、私と付き合ってください」

昼休みの事務所。

社員みんなで持ち寄った扇風機がフル稼働する中、隣でコンビニ弁当を二段重ねにしている先輩に、私は明日の日曜の予定を訊いてみていた。斜向《はすむか》いのデスクの大山《おおやま》さんがなぜかすごい顔でこちらを見てくる。

「なんや村崎《むらさき》、買い物か？　飯か？」

「ボードゲームです」

大山さんが飲んでいたお茶を吹き出した。気管に入ったんだろうか。たしかにあれは苦しい。

「なんや急に。ボードゲーム？」

「この前、ミオさんたちとウノ大会をしたじゃないですか」

「……ああ、あったな」

土屋先輩が、苦虫を噛《か》み潰したような顔をしている。

苦虫を噛み潰す。この慣用句の使いどころに出会ったのはこれが初めてかもしれない。

「私も勝てはしましたけど、勝率で見ればあまりよくなかったんです」

「知っとる。よお――――く知っとるぞ。十七時間やって一勝やしな。このソシャゲでSSRば引く確率より低かけんな」

お弁当を食べながら熱心にスマホを見つめていると思ったらソーシャルゲームをしていたらしい。画面には「……から逃げるな」と打ち込まれたチャット欄が見える。何から逃げるななのかは見えないが、なにやら忙しそうだ。

邪魔してしまうのも申し訳ないので、手短に済ませよう。

「この前、海に行った時には成長を見せられたとは思うんですが、やはりまだ勝率が十分とは言えません」

「徹夜で一勝やしな」

「これはウノ以外のゲームに活路を見出《みいだ》した方がよいのではないかと思いまして。いろいろ試せば得意なものもあるだろうと、いくつか買い揃《そろ》えました」

「ほう」

「よければ明日の日曜、うちに来ませんか。おかげ様でエアコンも直りましたので」

それはいいが、と返事をしつつ、土屋先輩は何やら考え込んでいる。

「日曜スタートやと日付の変わる前に帰れん気がする。泥沼化して」

「そんなことは」

あるかもしれない。

「今夜から始めるか?」

「すみません、今夜はちょっと親が来る予定になってまして」

「ああ、親御さんおるんやったらよか。邪魔したらいけんわ」

「すみません」

「タイマーつけてやろうな」

参加したいんだろうか、斜向いの大山さんが狐《きつね》につままれたような顔でこちらを見ている。

狐につままれたような。この慣用句の使いどころに出会ったのも初めてかもしれない。せっかくなのでお誘いもしてみたけど断られた。なんだったのだろう。

◆◆◆

「おはようございます、先輩」

天候にも恵まれた日曜の朝。時間通りに来てくださった土屋先輩は、手に白いビニール袋を提げていた。

「おう。これ、手土産」

「わざわざありがとうござ……福神漬け？」

「なんか、近所に新しくできたカレー屋行ったらごっつもらったっちゃん」

「ごっつ？　五袋もですか」

「ごっつ、はアレよ、すごく、とかいっぱい、って意味な。『ごつかー』やったら『すごいなー』や」

「なるほど」

「家にはもう十三袋ある」

「……ごつかー」

「さすがに食いきらんけん、二袋だけ引き取ってくれ」

カレー屋で福神漬けを配るというのもなかなか謎だ。家でカレーされたらお店が潰れるのに。とりあえず二十回はカレーできそうな量の福神漬けを冷蔵庫にしまい、ゲームを用意した部屋へ先輩を通す。

「今日はお集まりいただきありがとうございます。本日の趣旨としましては」

「カット」

「……こちらが今日のゲームです」

三種類買ってあるが、まずはひとつを取り出す。

地図、カード、コマが収まった、ノートパソコンほどの大きさの箱だ。

新宿の民をアンデッドに変えて支配しようとするネクロマンサーたちと、縄張《シマ》り荒らしを許さないヤクザたちの抗争をモチーフにしたゲームだ。

「これはいわゆる陣取り合戦です。ネクロマンサーチームとヤクザチームに分かれて新宿の覇権を競います」

「いんや、初見」

「ご存じですか？」

「『新宿悪霊事件』か」

「……説明されてもよく分からん世界観やな」

「こういうのは百聞は一見にしかずですよ」

百聞は一見にしかず。この慣用句、実際に使えたのは初めてかもしれない。

「ま、いっぺんやってみっか。村崎、先に選んでよかぞ」

「では、私はネクロマンサーのルーシーで」

「ならオレはヤクザの因幡《いなば》……いや、鬼龍組で」

説明書に従ってコマを地図に並べたら、準備完了だ。

「さあ、ゲームを始めましょう」

こうして、私の得意なゲームを探す試みが始まった。

◆◆◆

ゲーム開始から三十分後。

「『弾除《よ》けの加護』カードを使い、歌舞伎町エリアに侵攻します。これで私のゾンビにヤクザの鉛玉《ギョク》は通じません」

「ふむ。なら『コンビニ』カードを使って迎撃しちゃる」

「お店屋さん系のカードは『そこに当たり前に置いてあるもの』しか使えないんですよ先輩。ゾンビをスティックのりで固定して週刊誌で叩《たた》けば倒せるとでも？」

「電子レンジにゾンビの頭を突っ込んで」

「え？」

「温め、よろしくぅ！」

「く、クレーム！　電子レンジは扉を閉めないと温められません！」

「扉をブチ破って頭を突っ込んだに決まっとるやん」

「うぐ」

「ほい、これでアンデッド軍団は全滅なー」

初めは半々で占拠していたはずの新宿は、今やヤクザ側を示す黒のコマで埋め尽くされていた。

ネクロマンサー領を示す緑は、地図の脇に無造作に積み上げられている。

「……あの、ゲームの箱にはプレイ時間は一時間～って書いてあるんですけど」

「三十分でケリついたな」

「表記ミスでしょうか」

「どやろな。それより対象年齢は？」

「十五歳からです」

アンデッドにヤクザという題材のせいだろう。やや高めの設定だ。

「それやろ」

「はい？」

「小学生がやっても勝てんってことやろ」

「……？　とりあえず、もう一戦お願いします」

十分後、次のゲーム中に私が小学生なみの身長と言われたのだと気づいた。

とりあえず、クッションを投げつけておいた。

「なあ村崎」

「はい」

「楽しいか？」

「はい、なかなか奥深くて楽しいです」

「そうか、そら何よりやな」

ゲーム大会を開始して半日がたった今、十ゲームめが決着したところだ。

全て土屋先輩の勝ちなのはまあ、そういうこともあるだろう。

「でもなかなか一時間超えのゲームになりませんね。やはり表記の間違いでは？」

「……村崎、せっかくやし他のゲームにせんや？　な？」

「そうですか？」

先輩は飽きてしまったのか、横に積んであるゲームの方に視線を向けている。

たしかに時間が限られているのも事実。次に行く頃合いだろう。

「あとふたつあるんですけど、どちらからやりますか？」

「なんてやつ？」

「ひとつめは『カワゴエ上陸作戦』です」

埼玉県川越市を舞台に、ネクロマンサーのアビゲイルと自衛隊が戦いを繰り広げる陣取り合戦だ。

「もうひとつは『陰陽巫女《みこ》vs鉄の塊』です」

不思議な里に住む巫女さんが、異世界からやってきた黄金色の鉄の騎士と森の土地を奪い合う陣取り合戦だ。

「村崎、陣取り合戦好きなん？」

「割と」

「そうかー、どれも陣取り合戦でゲーム性も似た感じっぽいなー。バ　カ　タ　レ」

今、バカって言われた気がする。

「バカタレにもほどがあるやろお前」

気のせいじゃない。やっぱり言われてる。

「ちょっと、い、いくら先輩でも言っていいことと悪いことがありますよ!?」

「なしておんなじようなんばっか揃えとうとか！　一個弱けりゃ全部弱かろうもん、こんなん！」

「はっ」

その発想はなかった。

「自分のバカタレ加減が分かったか村崎《むらさき》」

「また言った……。で、でもほら、三度目の正直といいますし」

「二度あることは三度あるともいう」

「つまりやってみないと分からないってことですよ。張り切って行きましょう、先輩」

「仏の顔も三度までって知っとうや？」

三度目の正直、二度あることは三度ある、仏の顔も三度まで。

どれもメジャーだけど実生活ではあまり聞かない慣用句だ。使いどころに出会ったのは初めてかもしれない。

とりあえず実証しましょうということになり、夜十時にタイマーがなるまでひたすらプレイした。

一回だけ勝てて嬉《うれ》しかった。

この日の夕食は、四日ぶりにミオさんと二人きりだった。

「裕夏《ゆうか》ちゃんは今日は外泊？」

「友達の親戚が成城辺りに住んでるらしくて。今日はみんなでそちらにお泊まりだそうです」

ここ数ヶ月はこうだったのに、数日を裕夏と過ごしただけで静かに感じるのだから不思議なものだ。ミオさんもそう感じているのだろう、今日は少しだけ口数が多い気がする。

「……さすがね」

「何がですか？」

「友達の旅行に途中から合流して、しかも親戚のお家にお泊まり。ちょっと想像できない」

「何においても途中参加はいろいろ難しいですよね」

「旅行に誘ってくれるばかりか途中参加させてくれる友達がそんなにいるなんて、一体どんな学校生活を……」

「そこからですか」

城鐘《しろがね》さんの弁護士事務所を訪ねて新宿へ行き、ラーメンを食べてついでに裕夏の好きなアニメ映画のモデルになった建物の探訪――ネット用語でいうところの聖地巡礼――で体力を使い果たしてから今日で二日。

無事に軍資金を手に入れた裕夏が肝心の友達と合流できるのかと少し心配もしたが、そこは経済格差を地力でカバーして明るい高校生活を送る我が妹である。家出から旅行への途中合流というハードルの高いコミュニケーションを難なくこなし、昨日今日と東京観光を楽しんでいるらしい。

「東京に来たなら舞浜のランドやシーに行かねば派と、行列はしんどいから中華街にしよう派の派閥争いが目下の懸案事項だそうです」

「それって、どっちも東京じゃないような」

「千キロ離れた福岡からすれば誤差です」

「そうなの……？」

横浜近郊で生まれ育ったミオさんには分かりにくい感覚なのだろう。夕食の素麺炒《そうめんいた》め、沖縄料理ソーミンチャンプルーを箸で持ったまま首を傾《かし》げている。

「それにしても、友達は四人よね？　裕夏ちゃんも合わせて五人が泊まれるってどんなお宅なのかしら」

「しかも高級住宅街ですからね。けっこうなお宅だと思いますよ」

ただその点で、ひとつだけ心配なのが。

「あいつ、ちゃんと呼吸ができてるかな、と」

「……呼吸？」

「こんないいお宅で吸って吐いて変な匂いとかつけたらどうしよう、みたいな。俺も昔は大変でした」

糸島市のボロい借家で生まれ育ったが故の哀《かな》しい運命である。家というのは毎日必ず目に入るだけにその影響は大きい。

「松友《まつとも》さんがどうして単身でこのマンションに暮らしてるのか気にはなっていたけど、それもしかして……？」

「一度くらいは築十年以内の広い家で暮らしてみたかったので」

嘘《うそ》偽りない回答に、ミオさんが曖昧な笑みを浮かべている。

「とは言いつつも実家は懐かしいもんなんですけどね。ほら、この玉子焼きなんか実家の味なんですよ。庭で育てたネギを使ってました」

「ずいぶんネギが多いけど、これもおいし……」

ミオさんの言葉を遮るように、スマホの――以前は寝室に置いていたが、頻繁に鳴るので手元に移した――着信音が鳴った。

「ごめんなさい、ちょっと電……あっ、とっ」

うっかり取り落としたスマホに指が触れて見慣れない表示が出た。あれは——。

『何回言えば分かるんですか!?』

「あっ、ちょっ、スピーカーモードが」

『報告連絡相談は基本でしょう！　ちょっと気が緩んでるんじゃありませんかねぇ、困りますよ早乙女《さおとめ》さん』

なんだ、これは。

通話相手の声を周囲にも聞こえる音量で出力する『スピーカーモード』。意図せずそれに切り替わったミオさんのスマホが、甲高い男の声を吐き出した。

『聞こえてるんですか!?　耳に痛いのは、そりゃ私が言ってる通りだって分かってるからでしょ？　お互いの今後のためにこうして』

「わ、た、た」

音が大きくなったり小さくなったりエコーかかったり、右往左往した操作の末にやっと通常会話モードに切り替わったスマホを耳に当てて、ミオさんは咳払《せきばら》いを挟んでから話しだした。

「失礼しました早乙女です。少々手が離せなかったもので。それでご用件は……え？　それでしたら一昨日にメールでお送りしましたが……はい、見つかりましたか？　件名が悪い？　それはなんとも……。それで内容についてはお読みいただければ……口頭でですか？」

仕事についての内容であれば俺の前ではできない。寝室へと移動しながら、ミオさんが気まずそうな顔を向けてきたのが妙に心地悪かった。

「ただいまー……？」

幸いに、と言っていいのか五分程度で通話は片付いたらしい。そーっと寝室からリビングへのドアを開けたミオさんが、窺うようにこちらを覗《のぞ》き込んでいる。

「松友さん、スピーカーモードって使う方？」

「ほとんど使ったことないですね」

「よね」

「うっかりオンにしてしまうと解除の仕方が分からなくて焦るんですよね」

「よね。あるある」

「今の人が例の新しい取引先ですか。たしか、木舟《きぶね》さん」

「う、うん」

スマホの操作ミスだったのは見ていたから分かる。問題は通話の内容だ。相手がミオさんのミスを追及しようとして、でも実際は。

「ざっくりした推測で、『普段からメールの確認連絡なんてしたりしなかったりのくせに送信ミスがあると鬼の首を取ったように電話してきて、実際は自分の見落としだった』というパターンですか」

「ぜんぜんざっくりしてない……！」

「ですよね。あるある」

何度もメールさせせよってからにハゲカッコウめ。

しかし社内で部下に対してならまだしも、他社の取引相手に向かってあの口調。おそらくこれが初めてではない。

「まさか、今までの電話もあんな感じだったんですか？」

「ま、毎回じゃないから。それに仕事なんだから色んな人とうまく付き合えないとだし」

つまり珍しいことでもないのだろう。そんなことで毎晩毎晩電話が来るなんて、どう考えたって普通じゃない。

「……ミオさんは、どうするつもりなんですか？」

「このくらいなら大丈夫よ。案件の駆け出しはバタつくものだし、そのうち落ち着くだろうから」

「そんなの――」

おかしい、対策すべきだ。そう出かけた言葉を呑み込む。

ミオさんの仕事について、俺は何も言わないことにしている。なぜならその結果がどう転んだとしても責任のとりようがないから。明確な犯罪だというのならそれも別だが、ミオさんが大切にしている仕事という世界に、無責任に踏み込むのは軽々にやっていいことじゃない。

「むしろ、今までがうまく行き過ぎてたのよ。仕事でトラブルがあっても周りにはいい人がいて、いい結果に落ち着いてた。そんなことが一生続くわけないんだから」

「……その言い方は卑怯《ひきょう》ですよ」

あくまで仕事の一環だ。

そう言われてしまえば俺は何も言えない。ここで『友人として心配だ』とか言おうものなら、それは雇用という形で保たれている信用を切り捨てることになる。

ミオさんもそれを分かっていて、俺がそうしないことを信じていて、この言い方を選んでいる。そうしてまで意地を通すのは一体なぜだ。

「さ、ご飯ご飯」

「……お味噌汁《みそしる》、温かいのにしますね」

そうして食事を再開しても、箸が進むはずもなく。

この日、ミオさんは初めて夕食を食べ残した。

◆◆◆

「そういえば、このところ前ほど子供っぽくもならなくなったたな」

食べ終わった食器を洗いながら水道の音に紛れさせて独りごちる。ミオさんは疲れが出たのか、もう寝室で休んでいる。

さっきの電話も問題だが、以前のミオさんならもっと色々と言っていただろうというのが気にかかる。実際、大したことのない用事で電話してくる相手への文句を言っていたこともあった。

「この変化がいつからか、って考えると」

やはり裕夏がやってきてからだろう。初めは高校生の前で見栄《みえ》を張っているのだろうと思っていたが、裕夏がいない今日も変わっていない。心境の変化だろうか。

「……というわけなんだが、どう思う？」

『その前に一個報告があるっちゃけど』

「なんだ」

『会社のエアコンあるやん？』

「あのボロいやつな」

『壊れて動かんごとなって』

「一大事じゃないか」

『今日修理の業者が来る予定やったっちゃけど、なんか手違いで延期になった』

「死ぬな土屋《つちや》。生きろ」

そんなこんなでミオさんにおやすみを言い、自室に戻ってきたところでたまたま電話をくれた土屋にミオさんのことを相談してみたが、下手をすれば命に関わるレベルで深刻な情報が入ってきた。

『オレはまあどうにかなっとるけど、村崎《むらさき》が溶けとる。今週中には必ず直るらしいがそれまでもつかどうか』

「生き物は小さい方が暑さに強いって生物で習ったが、アテにならないな……」

体の表面積が大きくなるので放熱に有利らしい。シベリアトラよりもインドのベンガルトラの方が小さいのもそのためだとか。

『で、早乙女さんか。そら迷惑な相手の五人や十人おるやろうけど、何も言わんのは確かに気になるな』

「妹が来てから顕著でな」

『ああ、裕夏《ゆうか》ちゃんやったっけ。例のバイタリティの塊げな』

「そういう認識？」

片道切符で家出して水道水とせんべいと百四十二円を頼みに東京までやってきた女子高

生。たしかにバイタリティはある方かもしれない。

『ある方どころか相当やぞ。境遇が不憫《ふびん》すぎてビビったわ』

「そりゃ恵まれた方ではないだろうけど」

「十七の娘さんが、その発想と行動ができてまう環境やろ。失礼やけどちょっと常識から外れとる」

「そこまで言うか？」

青春18きっぷにしても深夜営業のハンバーガー屋にしても、システムとして存在しているのだ。使うか使わないかで使うを選んだだけだろう。

『普通は選択肢にも入らん。マッツーも同じ家で育ったけん分からんのかもしれんけど、下手なドラマより不幸やぞ妹ちゃんは』

「そんなもんか……？」

裕夏も大変だな、くらいに考えていたが。土屋でこの調子だと、もしかしてミオさんと俺とでも裕夏の見え方が違っているのか。裕夏が来てからの変化と関係がないとは言い切れない。

『マッツー？』

「ああ、すまん考え込んでた。それでそっちの用件は？　エアコン壊れたことか？」

ミオさんのことを相談してしまったが元は土屋からもらった電話だ。そちらの用件を聞くのが先決だろう。

『エアコンは一大事やぞ』

「いやまあそうだが。そのレベルなら今さらというかだな」

身も蓋もないことを言えば、あの会社では真夏にエアコンが壊れるよりもアレなことやソレなことがいろいろ起こっている。社長が替わって改善に向かっているとはいえ、エアコンだけで電話してくるのも違和感があるわけで。

『まあメインはエアコンやけど、オマケがある』

「オマケ?」

『社長の後任人事が決まって、アブラーマンはどこかへ去りました』

社長のことを考えてたら社長の話だった。シンクロニシティ。

「後任が決まるまでは一応イスがあったわけか。引き継ぎとかあるもんな」

『あるだけやけどな。今は順当に副社長が社長になっとる』

しかしどこかへ去ったというのも曖昧な話だ。裁判沙汰にはならずに済んだらしいが、どこへ行くというのだろう。

「朽木《くちき》前社長は何してるんだ?」

「本当か知らんけど、経営コンサルに落ち着いたとかなんとかいう噂《うわさ》がある」

「経営コンサル」

経営コンサルタント、略して経営コンサル。会社の経営がうまくいくようにアドバイスする人のことだ。会社全体のことに口を出す場合から、課の単位で契約して仕事をする場合まで様々だというが、いずれにしても。

「会社を潰しかけた社長が何を教えるんだ。反面教師か？」

『やけん噂やって』

「火のないところに煙は立たないって言ってもなぁ……」

あの人物の言う通りに動く部署が日本のどこかにあるかもしれないというのはなかなかの恐怖だ。しかしそんな権力構造の変化があったのなら、進退が気になる人物がもう一人。

「ハゲカッコウ……いや、ハゲップチは？」

アブラーマンこと朽木前社長の腰巾着で、権力を笠に好き勝手していたハゲカッコウあらためヅラカッコウあらためズレカッコウあらため一度ハゲカッコウに戻ってあらためハゲップチこと早川《はやかわ》課長。俺の元上司だが、前社長が完全に会社から切り離されたのであれば彼の立場も危ういはず。どうなったのだろう。

『アブラーマン事変で始まった取引あるやろ』

「……ミオさんが持ってきた取引でアブラーマンがトラブル起こしたやつ、そんな呼び方されてるのか。それで？」

『その取引先に取り入って仲介役に収まっとる。人呼んで「ハゲの門《もん》」』

「ほう」

なるほど、それは上手《うま》い。実際に取引に関わるのは自分の部署だから、それを利用して取引先と懇意になり、会社間の重要なやりとりは自分を介さないとできないようにしたのか。腰巾着としての生き方にも蓄積されるノウハウがあるようだ。

「尊敬はできんが」

『せやな』

「図太さとしぶとさは見習いたい」

『早乙女《さおとめ》さんもあんくらい図太く生きてれば、もうちょい気楽なんやろけどな』

「ハゲカッコウとミオさんを重ねないでくれ。夢に出る」

『残酷すぎたわすまん』

実際、ミオさんは人との関わりについてかなり繊細なところがある。生きづらさ、というと漠然としているが、そういうものを抱えてきたのは確かだろう。

『察してほしい系匂わせ女子よりゃぜんぜんよかけどな』

「なんだそれ」

『はっきりとは言わんと、それっぽいこと言ったり写真ば上げたりして遠回し――――にアピールする女やな。最近ネットでちょくちょく話題になっとる』

「よく分からんが……。例えば？」

『例えばか。「私にアプローチかけたくなるのは仕方ないけど、彼氏いるから諦めてね。高収入な彼氏なのよ謙虚だから自慢はしないけど」って口には出さずに察してほしい女がいるとして』

「すでにめんどくさい」

『たっかい飯屋に行って、対面にもうひとり分の食器がチラッと写ってるやつを上げるなんだその厄介な人種。

「……ミオさんとは真逆だな」

『あー』

ミオさんは他人に察してもらおうとはしない。もっと言えば、察してもらえるなんて思っていない。

「察してもらおうと思えるほど甘え上手でも、ストレートに言えるほど図太くもない人だからなー」

『それっぽい』

初めてミオさんと会った日。かなり絶望的な状況だったにもかかわらず、俺が促すまでそれを話そうとしなかったミオさんの姿はよく覚えている。人に迷惑をかけてはいけない、かけないようにしよう、相手に自分を助ける義理なんてないんだから。そんな考えがミオさんの根底にある。

「そう考えると、夜のあの感じも必要な時間なのかもな……」

夜のあの感じ、つまり幼い時のミオさん。自分の感情に素直で、欲求にまっすぐで、出てくる言葉は率直な、『子供としての時間』がミオさんにとって何かの発散になっているのかもしれない。

「幼い時の……」

『マッツー？』

裕夏という人間を知ったこと。子供時代の自分と重ねたこと。

自分以上に、不憫だと感じたこと。

もしかして。あくまで可能性だけど、あるいは。

「悪い土屋、ちょっと切る」

『急用か？　なんばすると？』

何をする、と言われると返答が難しい。それでもあえて答えるならば。

「何をするか考える用事ができた」

『……マッツー』

「どうした？」

『今日び、ナンパでももうちょいマシな断り方されると思う』

◆◆◆

「ミオさん、元気なかと?」

「ああ、いろいろあるみたいでな。食欲ないからプリンは裕夏ちゃんにあげて、というわけだからそのプリンは味わって食え」

「わかった」

　さらに翌日、時間はティータイム。友達の親戚の家から着替えを取りに帰ってきた裕夏にプリンを出してやったところ、経緯を訊《き》かれてこういう話になっている。

「なんとかしたいとは思うんだが、仕事のことに俺が口出ししても仕方ないしな」

「ミオさん、なしてそげんなったん?」

「これはあくまで俺の予想だから、人には言うなよ?」

「言わん」

「自分が恵まれているって思うようになったせいじゃないかと思ってる」

　より正確には、自分より不幸な境遇にある人を実感として理解したことで、自分がとても恵まれた人間だと思うようになった、というところか。

　最近のミオさんの様子から、俺はそう考えている。

「……なんそれ?」

「ミオさんにとって、俺たちみたいな人間はどこか遠い世界の人間だったんだろう」

「みたいなって？」

「毎日終電まで働かされるブラック企業の社員とか、庭で育てたネギで節約しても子供が東京に行く金すら出せない家庭とか、な」

「……？」

ピンと来ていない様子なので、例を考える。

「裕夏《ゆうか》、お前給食で嫌いなものが出たときに」

「全部好いとった」

「えらいな」

「ふへへ」

給食ごとき下等なものは選《え》り好《ごの》みする方がかっこいい、みたいな風潮が一部女子の間に発生するあの現象はなんなんだろう。

「じゃあ何年も新しい服を買ってもらえない時に、『発展途上国の貧しい子供は着るものすらないんだぞ』って言われてすぐ納得できるか？」

「できん」

「なんでだ？　そういう人たちがいることは知ってるだろ？」

「やけど、やっぱり見たこともない人たちやし……」

「ミオさんにとって、俺たちがそういう存在だったんだよ」

本当にそう感じていたとして、ミオさんを傲慢だとか身勝手だとか言うことはできない。誰だって自分の人生を必死に生きている。関わることもない人のことまで心配しろというのも、なにも知らないのに勝手に心配するのも、何も考えないよりはるかに傲慢なことだろう。

「もちろん『そういう家がある』ってことは知ってただろうけどな、あくまで新聞やニュースの中の存在だったんじゃないか」

「あー……。兄ちゃん見たらビビるやろねー」

「お前もだよ。裕夏を見ててミオさんは感じたんだろうさ。『お金に不安のない家庭に生まれて、土日休みで夕食の時間には帰って来られて、夏には連休をもらえる自分は恵まれすぎている』ってな」

「そげんなる？」

「そういう人なんだよ」

自分は恵まれているのだから。身近にさえずっと厳しい境遇におかれている人がいるのだから。

だから、小さなことで文句を言うのは贅沢《ぜいたく》だ。

「そげん考えていろいろ溜《た》め込んで、ってこと？」

「仕事なんて、いくら上手くいっててもどこかしらでストレスは溜まるもんだ。それを『この程度のことで文句を言うわけにはいかない』って溜め込んでいったら、食欲も衰えるだろうさ」

「……てことは、ウチが来たせい？」

「きっかけかもしれないが、ミオさんならいずれぶち当たった壁だろう」

「そうなんかな……。ウチ、不幸な子やけどわりかし明るく生きとるよ。おかわり」

自分でそう言いつつプリンを食べる手は止めない辺り、やはりミオさんとは性格が対照的なのかもしれない。

「ビッグプリンをナチュラルにおかわりするんじゃありません。それで、今夜どうするんだ？　友達は明日には福岡に帰るんだろ」

お盆の混雑を避けて東京で遊び、Uターンラッシュに巻き込まれる前に帰る行程だと聞いている。宿題が終わっていない子もいるから必死なんだとか。

「今夜はみんなと泊まって、ウチはもう少しこっちにおろうかな。お金かからんし」

「かかってるんだが。食費だけでもけっこうな額がかかってるんだが。だいたい残って何をする気だ」

「決めとらん」

「そりゃ家出してきたから帰りづらいのは分かるが、いつまでも引きずってても仕方ないだろうに」

「……兄ちゃんはウチがおったら邪魔？」

伏し目がちにそう尋ねてくる。なんでそこだけちょっと遠慮がちなんだ。

「そうは言わんが、裕夏も退屈だろうに」

「じゃあおる」

その文脈で「じゃあ」は正しくない気がする。

「ちなみに裕夏、お前宿題は？」

「……終わっとるよ？」

左上は見ていないし、なるほど嘘《うそ》はついていないらしい。

「厳密には、友達との分担をして自分のぶんを終わらせた形だな？」

「なしてそれを……！」

「そりゃお前、発想が小学生レベルだから」

「……また子供扱いしよる」

「何を言おうが、二十歳過ぎるまでは法律上『子供』だ」

「Ｂｏｏ！　Ｂｏｏ！」

「やかましい。友達と待ち合わせてるんだろ？　さっさと必要な着替えとってこい」

「あ、時間やばい！」

「……やっぱ子供だよな、アレは」

慌てて自分の荷物へと駆けてゆく裕夏の背中を見て、率直にそう思った。

子供。自分の感情に素直で、不満を躊躇《ためら》わず口に出すから、子供。そうだ、子供と大人の違いの中には、不満をどれだけ口にできるかというのがある。あるいは口にできる相手がいるか、とも。

「ミオさんも、子供の頃はもっと素直に吐き出してたんだろうな」

あーちゃんの件でミオさんの過去に少し触れたと言っても、ミオさんの子供時代について俺が知っていることなんてほんのわずかだ。

聞いた話を総合すれば、ミオさんにとって転換期になったのは小四の頃だろう。そのくらいから家の管理が厳しくなり、さらに親友だったはずの未華子《みかこ》の裏切りもあって孤立を深めていった。

だがそれ以前のミオさんがどんな子で、何が好きで、どんなことをしていたのかを俺は何一つ知らない。唯一、ミオさんから聞いたものといえば。

「……お母さんが特別な日に作ってくれた湯葉入りの玉子焼き、か」

「これで何が変わるかは分からんが……」

スーパーで買い揃《そろ》えた材料を並べて独りごちる。ミオさんは仕事中のこの時間、いつもなら掃除やダイレクトメールの整理に使っているタイミングで、俺は台所に立っていた。

調理台の上には卵、砂糖、塩、醬油《しょうゆ》、だし汁。

それに、湯葉。

「作るだけ作ってみるか」

湯葉の入った玉子焼き。ミオさんの思い出の味。

好きなはずのプリンも喉を通らないというのなら、俺に思いつくミオさんが食べてくれそうな料理なんてこれしかない。作ってみると言ったところでヒントはほとんどないし、再現できたとしてミオさんの問題が何か解決するわけでもない。

それでも、ミオさんは言ったのだ、『仕事は順調だ』と。

なら俺から言うことはない。今はただ、できることをやろうと思う。

「まずは卵を溶いて、調味料を混ぜる」

二個分の卵をボウルに割り入れ黄身を崩す。菜箸をグルグル回すのではなく、左右に往復させて白身を切るように混ぜる。こうすることで黄身と白身が均一に混ざって見た目も食感もいい玉子焼きになる。オムレツなんかだともっと均一にするために泡立て器で徹底的に混ぜたりもするが、玉子焼きなら少し粒が残るくらいの方がアクセントになる。俺もミオさんもそちらの方が好きだ。

できた卵液を隅にやり、並行して沸かしておいたお湯をボウルに移す。

「ここに割った湯葉を入れる、と」

豆腐を作る際、豆乳を加熱する工程で表面に張る白い膜状の素材が湯葉だ。乾燥させた状態で売られており、それをお湯で戻して様々な料理に使ったり刺し身のようにそのまま食べたりできる。この時、お湯に少しだけ重曹を加えてアルカリ性にしておくと均一でぷるんとした仕上がりになる。

「戻った湯葉を水洗いして」

重曹には苦味があるので、戻した後は水で洗い流してやる。ここまでは基本的なやり方なのでおそらく再現できているだろう。

「卵液に湯葉を混ぜて、これでとりあえずやってみるか」

要するにこの前作ったネギの玉子焼きと同じやり方だ。何かが入った玉子焼き、というのであればまず思いつく方法だろう。

「サラダ油をしいた玉子焼き器を火にかけて、卵液を一滴落としたらすぐ固まるくらい熱くなったら玉子焼き器の底が隠れるくらいの卵液を流し入れる。膜を張ったら巻いて、できたスペースにまた底が隠れるくらい入れて……」

火が通っては巻き、火が通っては巻きを繰り返していって卵液を使い切ったら完成だ。専用の焼き器を使い慣れないといけない上にこの工程数、何より一度巻き方が偏ると太いところと細いところができてツチノコみたいになる難易度。お弁当の定番にするには無理があると常々思っている。

俺は場数を踏んだ甲斐《かい》あって、ツチノコみたいになることはそうそうない。そう、目の前のこれを喩《たと》えるなら。

「……ボールパイソンかな？」

ボールパイソン。またはボールニシキヘビ。白、黄色、黒のマダラ模様が特徴の無毒ヘビだ。動物園の爬《は》虫《ちゆう》類《るい》コーナーによくいるし、ペットとしてもけっこう人気らしい。

ツチノコにはならなかったけどニシキヘビになった。

「そうか、混ぜると表面にも湯葉が出てきてこうなるのか」

以前に見たミオさんの卒業アルバム。心細い解像度ではあったけど、遠足で食べていた玉子焼きは少なくともこんなマダラな見た目はしていなかったはず。味以前に外観から再現できていない。

「湯葉は混ぜず、巻く時に巻き込む感じにしてみるか。あと大きさもポイントだよな。子供用に作ってたなら細めだったかもしれないし。いや、ミオさんも大人になってるんだから食べた時の感覚を揃えるには……」

　そうして試行錯誤すること一時間。試作してから食べる数にも限度があるよなと、テーブルに並ぶ十本の玉子焼きを前に思案を重ねた俺は結論を得た。

「……無理だな」

　約束された結果である。

「湯葉の量が多すぎると湯葉の食感しかなくなるし、少なすぎると入れる意味がなくなるし……。あとは酒とかみりんとか出汁《だし》醤油とかが入ってる可能性も……」

　手がかりがない。とにかく手がかりがない。

　よそのご家庭で二十年前に作られていた料理だ。ちょっと特別な日に作っていた、という条件を鑑みれば、家庭外で食べたことのある人自体かなり少ないはず。

「やっぱりミオさんに試食してもらうしか……。いや、ダメだ」

　こんな形で気を遣わせたことを知って喜ぶ人なんていない。やるなら完成までミオさんには知られてはいけない。

　かといって、俺一人で作り続けてもこれ以上の進展は望めないのもまた事実。

「ミオさん以外でミオさん家《ち》の玉子焼きの味を知っている人がいれば……」

　そんな都合のいい人物がそうそういるはずもない。幼少期のミオさんをよく知り、お弁当を交換するくらい親密だった人なんて……。

「いるな」

いた。

卒業アルバムで、ミオさんから玉子焼きをもらっている姿が写っている人間が。

なんならスマホの通話履歴にまだ残っている人間が。問題があるとすれば、どう贔屓目《ひいきめ》に見ても友達感覚で電話できる間柄ではないことだが。

前回はだいぶ見得を切って別れたので再会するだけでもだいぶ気まずいが……。

「……いや」

気まずさで人は死なない。飯を食べねば人は死ぬ。何かの文学作品の記述を思い出しながら、俺は通話ボタンをタップした。コール音は三回、時間にして五秒程度経《た》って、通話開始を知らせる電子音が鳴る。

「なんですか。ぬいぐるみなら返したでしょ」

「今日は別件です」

電話の相手が俺であることを理解している第一声。電話番号をきちんと電話帳登録しておくくらいにはマメな性格のようだ。味の記憶を問う今、そのマメさはありがたい。

「電話帳から消し忘れてたわ。それでなんの用事？　言っとくけど、ミオから何か盗《と》ったのはあのキツネが最初で最後よ」

「何をよこせって話ではないんですが」

「じゃあ何？」

お互い、社交辞令を使うような義理もない。単刀直入にいかせてもらう。

「渡瀬《わたらせ》さんに手伝ってもらいたい料理がありまして」

『頼み事するなら名前くらい覚えてくれないかしら、マツモトさん？　渡瀬は旧姓、今の名字は石島《いしじま》』

石島未華子。旧姓、渡瀬未華子。小学校時代のあだ名は『みかちゃん』。

「それはお互い様でしょうに。俺の名前は松友《まつとも》です」

『お互い様なんでしょ？』

ミオさんの幼馴染《おさなじみ》にして、ミオさんが他人とうまく関わることができなくなった直接的原因ともいえる人物は、苦々しげにそう言った。

◆◆◆

「小四の頃のミオ？」

「ええ、その頃に家が厳しくなったと聞きまして」

ミオさんの実家のご近所さんで小学校時代の幼馴染。言ってしまえばそれだけの彼女に

「早乙女《さおとめ》さんちの玉子焼きの作り方おしえて」

なんていきなり言ったところで「知らんがな」以外の返答はあるまい。ミオさん本人に訊《き》けない事情も含めて結局全て話すことになるのなら順を追った方がいいだろう。そう考えて切り出した会話は、ミオさんにとって転機になった年代に差し掛かっていた。

『確かにあの頃の早乙女さんちはゴタついてたみたいだけど。他所様《よそさま》の家庭事情なんてべらべら喋《しゃべ》れるわけないじゃない』

「そこまで訊くつもりはないですよ。ただ、ぬいぐるみのあーちゃんを盗まれた件と時期も符合しているのが気になりまして。何か関係があるのかなと」

『……それを犯人に訊く？』

「他にいないので」

『嫌みなら切るけど』

「嫌みなんて遠回しなことを言いあう関係でもないでしょうに」

『それもそうね。あんたのこと生理的に嫌い』

「奇遇ですね、俺もです」

どうあがいても仲良くはなれないが、俺としては彼女に訊くしか選択肢がなく、向こうとしては俺とミオさんに多少の負い目があるので無下にもできない。

なんとも微妙なバランスでこの通話は成り立っている。

『で、私がぬいぐるみを盗ったのとミオの家庭事情の関係だっけ。まったく無いとは言えないかも』

「というと？」

『急に親の教育方針が変われば、それまで買えた物も買えないし、できたこともできなくなるでしょ？』

「ええ、観《み》られるテレビ番組や読める雑誌も変わるでしょうね」

ミオさんともそういう話をした。高校を出るまで化粧をするのも流行を追うのも許されなかったと。

『そういうことよ』

「……ああ、なるほど。スクールカーストってやつですか」

スクールカースト、学校内格差を示す和製英語。

学校のクラス内にはさまざまなグループがあり、生徒たちはそのいずれかに属するのが一般的だ。まず立場や発言力の強さにあたる『スクールカースト』とか『一軍、二軍』とか呼ばれる身分的な上下関係があり、さらに同じ層の中でいくつかのグループ分けが自然に、あるいは人為的に発生する。

特に女の子はその傾向が顕著だというのはよく耳にする話だ。

『それまでついてこられたグループ内の話題も遊びも、急についてこられなくなるでしょ？』

「……なるでしょうね。当時は渡瀬さんも」

『石島』

「石島未華子《みかこ》さんもミオさんと同じグループにいたんですよね。そこからミオさんだけが脱落した、と」

『そういうこと』

　そうして居場所を失えば、クラス内での立場も発言力も地に落ちる。待っているのは孤立だけだ。そこまで考えて、俺はさっきまでそこにいたチビの顔を思い出す。

「今、俺の妹が東京に来てるんですよ」

『は？　何の話？』

「俺の実家もなかなか貧乏なんですが、妹の友達グループで旅行に行く計画が持ち上がりまして」

　かいつまんでここまでの経緯を話す。旅費を捻出できなかったこと、鈍行で野宿同然に東京までやってきたこと。

『それ、ミオは知ってるのよね？』

「ええ」

『相当可愛《かわい》がってるんじゃない？　猫だったら逆にハゲるくらい』

「もろもろで六桁の現金を出してくれました」

『ごめんちょっと想像以上だった。グループで自分だけ旅行もカラオケもいけなかったの、そんなに引きずってたのかしら……』

「そういうことか」

ミオさんは言っていた。『自分も買ってほしかったから買ってあげたい』と。言葉通りに捉えていたけれど、そこにはきっと未華子の言うような思い出があったに違いない。

『聞く感じ、妹さんは足りないなりにキャラと工夫でがんばってるタイプでしょ？　ミオからしたら可愛いし羨ましいでしょうね』

家が金持ちか貧乏か。

それだけで全て決まるほどスクールカーストも単純じゃないにせよ、大きな要素であることは間違いない。裕夏《ゆうか》がこれまで自身の努力でそのマイナスを補い、分相応よりも少し上のグループに属していた頑張りが、ひと夏の思い出がもとで全て失われてしまう可能性があったのだ。

「ミオさん、自分が助けないと裕夏がどうなるか、体感で分かってたんでしょうね……」

『私もそこまでは知らないわよ。話が逸《そ》れたけど、とにかく私とミオの関係がこじれたのもミオの家が厳しくなったのが大本の原因ってこと。私の言うことを信じるかは勝手だけどね』

「別のグループに入ったりは……？」

『簡単に言わないでもらえる？』

グループの移動というのも女社会ではなかなか簡単にはいかないらしい。自分の高校時代はそこまで厳しかった記憶はないが、やはり地域や男女の差なのだろう。

『そうやって孤立したミオは……。まあ、その先は言わなくていいわね』

「ええ、さすがに想像できますので」

『人間、落ちる時はあっという間よ』

「肝に銘じます」

どうして起こったのかはともかく、ミオさんに何が起こったのかはだいたい分かった。少なくとも外の人間がすぐにどうこうできる問題ではないことも。

ならやはり、俺は俺にできることをしよう。

『で、結局何が用件なの？　そんな話を聞くためにわざわざ電話してきたの？』

「玉子焼きの味を見てほしいんです」

『は？』

「玉子焼きです」

『卵を焼いて巻いたやつ？』

「それに湯葉が入ったやつです」

電話の向こうで、「あぁ」と得心がいったような声がした。

『……もしかして早乙女さんちの？』

「はい、ミオさんの家の玉子焼きを再現したいんです」

卒業アルバムにはミオさんと未華子がいっしょに写っている写真が何枚かあった。その最初の一枚、一年生のミオさんたちが遠足でお弁当を交換しあっている写真に写っていた料理。ミオさんの家族が変わる前の、ミオさんがまだ心を閉ざす前の、その頃の思い出の味。

それがあの玉子焼きのはずだ。ミオさんも「お母さんの味」として挙げていたし公算は大きい。

『またえらく懐かしい話ね……。再婚絡みで消えた味ってわけ』

「湯葉が入っているのは分かっているんですが、味付けが分からなくて。食べたことのある人に訊こうかと」

『他所《よそ》の玉子焼きの味なんて私だって覚えてないわよ』

「だとしても、ゼロよりはいいです」

覚えてないと口では言っていても、遠足、運動会、社会科見学など、お弁当を食べるイベントはそれなりの数がある。四年生までずっといっしょに食べて、時に交換しあっていたとすれば記憶の片隅には残っているかもしれない。どんなに細かろうと地獄に垂れた一

オーバーラップ文庫&ノベルス NEWS

筋きりの蜘蛛《くも》の糸だ。

『そんなこと本人に訊きなさいよ。……いや、前のぬいぐるみもミオに黙ってとりにきたんだっけ？』

「黙ってとりにいきましたね」

『あなた、一歩間違えたらストーカーになるタイプじゃない？』

「お願いします。あの時の味が必要なんです」

『第一、ミオにとってあれがどういう料理か分かってるの？　いい加減なものを作ればゴメンじゃ済まないわよ』

◆◆◆

未華子からの話で、ひとつ分かったことがある。

今、この料理を再現することには確かな意味がある。そして再現するのであれば彼女の言う通り、中途半端は許されない。

「ベースの味はできていて、あとは調整だけなんです。力を貸してください」

『いったいどういう目的があれば、本人に黙って玉子焼きを再現することになるのやら……』

「……抽象的な答えにはなるんですが」

『なによ』

二ヶ月前も、同じことを言ったけれど。

「ミオさんに笑って『ただいま』と言ってもらうため、です」

『……はいはい、それが仕事だって言ってたわね。理解に苦しむけど。本当に理解に苦しむけど理解したわ』

「協力いただけますか」

電話の向こうで、深い溜息《ためいき》をついた音がした。

『まあいいわ。我が家の食卓もマンネリ化してきたし、新しいレシピを覚えるつもりで付き合ってあげる。いつがいい？』

「なるべく早く、俺は明日でもいいんですが」

『……明日を指定されてＯＫすると暇人みたいで癪《しゃく》だけど、空いてるわね』

「それはよかった」

ぬいぐるみを受け取りに行った時も待ち合わせは平日の昼間だったし、向こうは専業主婦なのだろう。ネットやテレビだと共働き世帯ばかり話題にされている気がするが、統計によれば二十代～三十代の既婚女性の三割は専業主婦だという。

『じゃあそれで。いや、ちょっと待って』

カレンダー――もちろんミオさんの部屋のでなく、今いる自室の机に置いてある方だ――に印をつけようとしたところで、真剣な声の待ったがかかる。

「何か不都合が？」

『そうじゃないけど。あなた、ミオと結婚してるわけじゃないのよね？』

「雇う側と雇われる側の関係ですが」

『奥さんか、未婚なら彼女でもいいわ。いる？』

「いません」

ミオさんに転職するまで平日は終電で休日は寝て終わりの生活だったのだ。いるわけがない。

『だったら友達でもいいわ。私とあなた以外にもうひとりかふたり、できれば既婚の女がいいんだけど』

「平日の昼間だと厳しいですね……」

既婚の知り合い自体、東京では前職場の早川課長《ハゲのもん》と大山《おおやま》さんくらいしかいない。未婚でいいなら土屋《つちや》や村崎《むらさき》がいるけど普通に仕事だろう。

しかしなぜもうひとり必要なんだろうか。俺が作って彼女が味見して……というだけの作業だから、人手は足りないというわけではない。だとすれば、考えられる原因は限られてくる。むしろひとつしかない。

「……要するに、渡瀬《わたらせ》さんにとって『そういう対象』になりえない、かつ『そういう場』には居合わせるはずのない人間が欲しいんですね？」

『そういうこと。それと今は石島《いしじま》』

なるほど、異性の家に上がり込むわけだから既婚者として気を遣わなくてはならないのは分かるが。

「生々しい……」

『それでどうなの？　同席してくれそうな人にあてがないなら行かないわよ』

「いえ、そういうことなら大丈夫です」

いる。ちょうどいいのが。

ぶっちゃけて言えば俺が不倫相手でないと証明できるような同席者が必要なわけだ。なるべく不倫現場に似つかわしくない、かつ当人も不倫相手になりえない、そんな人物。

「ちょっとお待ちを」

スマホを耳から離し、チャットアプリを起動する。何年か前に流行《はや》ったマスコットのアイコンを探し当て、メッセージをフリック入力。

自分：
裕夏、玉子焼きって好きだよな？

向こうは東京旅行の最終日。友達と名残を惜しんでいるところだと思うが、幸いにしてすぐに既読がついた。

ユーカ！！！：
好いとおよ？

自分：
明日はまだこっちにいて、予定もないんだよな？

ユーカ！！！：

うん
なして?

自分‥

たらふく玉子焼き食わせてやるから家にいろ
ユーカ!!!‥

(;・`д・´)???

よし。なんで妹のアカウント名がそんなハイテンションな感じになっているのかはさておき。

立会人、確保《ゲット》だぜ。

「お待たせしました」

『で？　あては見つかった？』

「俺の妹とかどうですか」

『ああ、さっき言ってた子。何歳？』

「十七歳で高二。黒髪で見た目は盛って中学生」

『合格』

とりあえず場は整った。あとは卵と湯葉を買い足しておかねば。

俺はカレンダーに○をつけると、エコバッグと財布を手にとった。

◆◆◆

迎えた翌日。

俺の部屋、六〇三号室には、濃厚な卵と出汁《だし》の香りが立ち込めていた。

「兄ちゃん」

「なんだ」

「しんどい」

「人は苦しみを乗り越えるほど強い大人になれるんだ。若いうちの苦労は買ってでもしろって言うだろ」

「この前と言っとることが違う……」

テーブルに並ぶありったけの皿。

その上に積み上がる玉子焼きの山。

そして、その山に埋もれるように突っ伏す裕夏《ゆうか》。

「ヒヨコ鑑定士の仕事風景を動画で見たことあるけど、一面黄色い感じはちょっと似てるわね……」

「ヒヨコになる前に焼いとるけどね……」

「安心しろ、これは全部無精卵だ」

石島未華子《みかこ》を俺の家に招いての玉子焼き試作が始まって二時間が経過していた。さすがに玉子焼き器を持つ俺の腕も玉子焼きを処理する裕夏の腹もパンパンになってきたが、未《いま》だ納得の行く玉子焼きはできていない。

「仕方ないじゃない、最後に食べたのなんて二十年は前なんだから！」

とは未華子本人の言である。

結論から言えば、未華子は早乙女《さおとめ》家の味を覚えていた。またミオさんの好みの味付けは実家のものがベースなので、俺が普段ミオさんに作っているレシピでもかなり思い出の味に近かったらしい。

しかしその先、『かなり近い』と『同じ』の壁が厚い。作ってみては『硬い』『くどい』

『なんか違う』といった漠然とした評価を受けてレシピを書き換えてまた作って……の繰り返しである。

「兄ちゃん兄ちゃん、卵って一日二個食べたら病気になるっちゃないと？」

裕夏がすがるような目をしているが、残念ながらその情報は古い。

「それは旧説だ」

「そうなん？」

「覆ったのはかなり最近だけどな」

卵は一日一個まで。

誰もが聞いたことがあるだろうこの制限は、実は卵に含まれるコレステロールの量に由来する。かつては厚生労働省の基準で『女性六〇〇㎎、男性七五〇㎎』が一日に摂《と》るコレステロール量として適切とされてきた。卵一個に含まれるコレステロールは三〇〇㎎くらいなので、他の食べ物からも摂ることを考えれば一日一個にしておくべき、それ以上食べるとコレステロール値が上昇して動脈硬化なんかになるぞと、そういう理屈だったらしい。

だが二〇一五年にこの基準が改訂されてコレステロール摂取量の上限に関する記載がなくなった。「コレステロールを食べたからってコレステロール値が上がるわけじゃない」という研究結果があちこちから出てきて、上限を作る根拠が薄くなったからだという。

「だから一日一個で我慢しなくてもいいんだ」

「へ――――！」

「だいたい、卵は生き物をまるごといただくようなもんだ。一日にヒヨコ二匹食べたら死ぬ、って考えたらなんかおかしいと思うだろ？」

「たしかに！」

「だから好きなだけ食っていいぞ」

「うぐぅぅ……」

ちなみに全国鶏卵消費促進協議会さんは一日二個の卵を推奨している、ということは裕夏には言わないでおく。

それを抜きにしてもさすがに常識の範囲というものはあるので、大半は冷凍しておいてチャーハンに入れたりしようと思う。

「あなたたちが兄妹だってことはよく分かったわ。なんなの、その息の合い方」

「ああ、お待たせしました。次作りましょうか」

キッチンに戻って四パック目の卵を開封する。この十個で決めたいところだ。

「さすがに私も飽きてきたんだけど……。かなり近いところまで来て、味の変化もなくなってきたし」

不満をこぼす未華子の向こうでは裕夏が恨みがましい日をこちらに向けている。

「ひと口でいい人がなんば言いよんのですか？」

「他人が不幸だからって自分も不幸にならないといけない、なんてバカげた考え方を強要するものじゃないわよ。古い価値観は平成に置いてきなさい」

「ぐぬぬ」

図らずも、俺がミオさんに見出《みいだ》した解答と同じものが未華子の口から出て驚いた。自分よりもっと不幸な人がいるから、もっと救われるべき人がいるから、自分が不満を言うことなんて許されない。そんな考え方に陥った人へのひとつの解答だ。

「何よ、なんで急に黙ったの？」

「いいえ、なんでも」

歴史に『もしも』はない、とはまさしく正論だが。それでももしも、ミオさんと未華子の関係が壊れないまま中学、高校、そして今に至るまで友達でい続けたのなら。ミオさんの人生はどんなものになっていたのだろう。少なくとも俺がここでこうしていることは無かっただろうと、そんな気がしてやまない。

「……ねえ、ところでさっきから気になってたんだけど」

「はい？」

次の一本を焼こうとした俺に待ったをかけつつ、未華子は調理台に置いてあった乾燥湯葉の袋を手にとった。

「なんでずっと乾燥湯葉なの？」

◆◆◆

「……あ、これだわ。ミオにもらった玉子焼きの味がする」

「なんこれ美味《おい》しい！」

一本当たり卵二個。

合計三十二個を使った、十六本目。ここでついに食べた経験のある人間からGOサインが出た。

「まさか湯葉から作ってたとは……」

「微妙な差だけど、完全再現を目指すなら必要な部分だったみたいね」

湯葉は豆腐作りの過程で出るものだが、それを狙って作るのは家庭でも簡単だ。無調整豆乳を鍋かフライパンに入れて弱火で加熱すれば牛乳を温めた時のように表面に膜が張る。それを回収すればそれが湯葉というお手軽さである。現に、ついさっき裕夏に買いに走ってもらった豆乳でこうして再現に成功した。

それも全国どこでも売っている廉価な豆乳で作った湯葉が正解だった辺りに、お金でなく手間暇をかけていたことが窺える。

「でも手作りでよかったじゃない。伊勢原《いせはら》の生湯葉だったりしたら今日中には手に入らないところだったんだから」

「……大山の豆腐」

「あら、知ってるの？」

神奈川県伊勢原市には、江戸時代から豆腐作りが盛んな町がある。何かで耳にしたことがあったけれど、玉子焼きに湯葉を使うという発想はその辺りから来ているのかもしれない。

「それにしてもこれ、親戚の集まりに駆り出された時に作ればウケそうね……。今年の年末に試すか……」

ようやく肩の力が抜けてきた俺の横では、未華子が玉子焼きを口に運びながら小さく頷《うなず》いている。レシピを増やすつもりで来ると言っていたし覚えて帰るつもりなのだろう。

「そういうの、よくあるんですか」

「都会の人間には親戚付き合いがない、なんてのは偏見よ。結局はケースバイケースなんだから決めつけてかかると痛い思いするわ。私のようにね」

「生々しい」

「地元の食べ物じゃないと満足しない組と、嫁ぎ先の食材を出さないと文句垂れる組。両方が共存するからバランスが本当面倒なのよ。これなら神奈川の食材枠で作れるし、卵は向こうのを使えば面目は立つはず」

だった二人が離別して真逆の道を歩んで、それなのにどちらも生きづらそうにしている。ビジネスの最前線で働くミオさんとは色んな意味で正反対の人生だ。昔はいつも一緒

そう考えるとなんだかもどかしく感じるのはなぜだろう。

そうこうしている間に、気づけば未華子が自分の荷物をまとめ終えていた。

「じゃあ、できたみたいだから帰るわね」

「え、もうですか？」

「自分の家のことだってしないといけないし。それにあんまり長居したらミオが帰ってくるんじゃないの？」

互いにスマホで時刻を確認する。時刻は午後五時半すぎ、ミオさんが帰ってくるまで三十分から一時間といったところか。たしかに顔を合わせないためにはそろそろという時間ではある。

「一応訊《き》きますが、ミオさんと会うつもりは？」

「私には会わせないんじゃなかったの？」

「事情が変われば話は違ってきますし」

ミオさんには会わせない。

あーちゃんを巡る一件で、未華子の身勝手な態度を見かねた俺は同窓会の招待状をミオ

さんに代わって突き返した。それは間違いなく事実だし、あの時の言葉に後悔もなければ撤回するつもりもない。

でも今回、こうしてミオさんのために出張って協力してくれたのもまた事実。そのことを有耶無耶《うやむや》にして無視するのなら、それは不義理だ。

「会うわけないでしょ」

しかし当の未華子はといえば、当然という顔で即答した。

「いいんですか？　ここまで来て手伝ったのに」

「女ってのはね。結婚して子供ができたら話題なんて何一つ合わなくなるのよ。大昔に家が近かったってだけの相手と、話すこともないのに今さら顔合わせてどうしろっての？」

「また極端な」

「はいはい、理解してもらおうなんて思ってないわよ」

だがそれだと、この再現を誰に手伝ってもらったとも言えない。俺が写真から再現した、ということにでもするしかなくなる。

「一から十まで俺の手柄になるじゃないですか。それは不公平ってもんでしょうに」

「他人が捨てたものなら遠慮なく拾うのも処世術よ」

「渡瀬《わたらせ》さん……」

「石島《いしじま》だっつってんでしょうが。じゃあ帰るわよ。私だって忙しいんだから！」

「でも御礼《おれい》の一つもしないというのは……」

「いらないって言ってんでしょ。……だーもう、あなたよくそれでミオの相手が務まるわね！」

察しの悪い男に苛立《いらだ》っているという顔で未華子《みかこ》はこちらに向き直った。

「私だってこう、気持ちがよくないのよ！　子供の時の負い目みたいなものが今になって追いかけてきて、昨日今日ミオと知り合ったような男に説教されて！　そのままにしておくとなんというか、なんか気分が悪いでしょうが！」

ああ、なるほど。

「じゃあ、帰るから！」

この人は、別に悪人だったわけじゃないのかもしれない。悪いことはしたけど悪人じゃない、そんな人も中にはいる。

善良であろうとして、実際に善良を押し通せた人間は善人と呼ばれると何かで読んだ。善良を押し通そうとせず、自分に都合のいい道を選べば悪人になる、とも。

どちらでもなく、善良を押し通そうとしたけど通れなかった。そんな、おそらくはただの『普通の人』だった。それだけなのかもしれない。

◆◆◆

『……忘れ物、したんだけど』

「あ、はい」

未華子が帰った直後、オートロックのインターホンが鳴ったので何かと思ったら帰ったはずの未華子がそこにいた。

気まずい。気まずさで人は死なないとは言ったけどやっぱり気まずい。いかにも「これで貸し借りなしよ。もう二度と会うこともないでしょうね」という感じで別れただけにとても気まずいが、忘れ物ばかりは仕方ないのでオートロックの解除ボタンを押す。改めて部屋に上がってもらうと、向こうも限りなく居心地の悪そうな様子でスマホを取り出した。

「……写真」

「写真？」

「写真を撮り忘れたの」

「え、玉子焼きのですか？　ヴィンスタにでもアップするんですか？」

写真専用ＳＮＳ『ヴィンスタグラム』、略してヴィンスタ。聞くところでは料理の写真で人気を集める人もいるらしいが。

「冗談言われて笑うような顔に見える？」

「冗談のつもりじゃなかったんですが、では何の写真を？」

「集合写真」

「集合写真」

「私とあなたと、そっちの妹も入って。玉子焼きをいくつか並べたら目的もはっきりしていいわね」

「なして集合写真?」

「旦那に送るのよ。なるべく早く」

「……あー」

逆証拠写真、とでも言おうか。何事も無かったことを証明するための明るく健全でホワイトな写真を撮りたいと、つまりそういうことか。

「黙って男の家に行ったのが後からバレるのが一番まずいのよ」

「そもそも今日はなんて言って来たんですか?」

「知り合いの家で料理の研究」

「なるほど」

ものすごく直球で変化球だ。

「結果的に男の家だったけど決してやましいことは無かった。そうはっきり分かる写真を用意して、何か訊かれる前に見せる。それに限るわ」

「そんな生々しい理由で写真を撮られるのは初めてです」

「仕方ないのよ。旦那がその、結婚する前から不能だからこういうのに敏感で……」

「ここにきて一番生々しい情報がきましたね……」

たしかに、その状況で男の部屋に上がったのがバレるのは非常に拙《まず》い。

「兄ちゃん、不能って何が不能なん？」

「生きてればそのうち分かる」

一生分からないならそれでもいいが。しかしそうと分かっていて結婚した辺りはなんというか。

「愛ですね？」

「うるっさい。早く帰りたいんだから支度して」

「ま、待って、髪型直すけん待っとって」

裕夏《ゆうか》が洗面所に向かおうとするが、それを未華子が制止する。

「なるべくイモ臭い髪型にしてきて。見た目にも健全な雰囲気になるから」

「三つ編みだ、三つ編み。三つ編みのおさげにしてこい。大分の分校の文芸部みたいな妹がいる場所で不倫する人間はいないから」

「えー……」

『学生時代の後輩の元カレの妹が、好きな男の子にお弁当を作ってあげたいと言う。しかし無骨な男所帯ゆえに料理を教えられる人がおらず、困り果てた兄は未華子に助けを求めた。若人の恋路を応援するのも年長者の務めと未華子も引き受け、苦心の末に妹は玉子焼きをマスターした』

そんな設定を踏まえて撮られた写真には玉子焼きの山と、果たしてごまかせるのか心配になるくらい引きつった笑顔が三人分写っていた。

時刻は、午後五時五十二分。

順調だ。

「うん、契約内容も良好、進捗も問題なし。仕事はうまくいってるし私生活も友達ができて充実しだしてる」

だから、順調だ。私の人生はとても順調だ。

そんなことは今まであまり意識したこともなかったけれど最近になって実感する。いろんなことがありながらも、全体として私の人生はうまくいっている。

別に私が人並み外れた努力をしたからというわけじゃない。たまたま生まれた家が貧乏でなかったから生活に困らず大学にも行けた。余裕のある環境だから余裕のある勉強をして、余裕のある就職をした。それだけのことだ。

明日の予定を確認し終わり、スマホをカバンにしまおうとしたところで手が止まる。

「……電源、切っちゃダメかな」

頻繁に電話してくる取引先の顔を思い出しながらなんとなく言ってみるが、そんなことができないのは分かりきっている。以前たまたま出られなかった時には代わりに部下の佐《さ》田《だ》さんのところに電話が行って、翌日改めて苦情の電話が入ったせいで予定が押したりとデメリットの方が大きかった。

今は、今回の取引では、今から担当者変更なんかしたら全体のスケジュールが大変なことになる。

だからこれくらいは仕方ない。少なくとも給料は出るし、ハラスメントだって——際どいラインではあるだろうけど——該当しない範囲に止《とど》まっている。サービス残業を強要されながらパワハラを受け続けている人に比べれば苦労ともいえない。

「よし」

公園の前を抜け、マンションのエントランスが見えたところで電源を入れたままのスマホをバッグにしまう。もしかしたら今夜も仕事の電話が来るのかも知れないけれど、マンションに帰れば温かい夕食と清潔なベッドがあるのだから、それで十分釣り合いはとれている。

だから、私は幸せだ。

そう割り切って視線を前に向けたところで、ふと足が止まった。

「……？」

知らない人だ。このマンションに二年と少し住んでいるけど見た記憶のない後ろ姿が、マンションを出て私と反対側へ歩いていくのが目に入った。最近新しく入居した人か、誰かのお客さんか。もっとも、大きなマンションの住民なんて全員を覚えられるはずも無いのだからいちいち気にしても仕方ないのだけど。

それでも。

「会ったこと、あるような」

なぜか、気になった。

◆◆◆

「ただいま」

「はい、おかえりなさい。ご飯できてますよ」

いつも通りに迎えてくれる松友《まつとも》さんにカバンを渡して靴を脱ぐ。

私にとって最も恵まれていることはなにか。そう問われたとして、きっとその解答にあたるのが彼の存在なのだろう。強引な方法で、身勝手な理由で雇い込んだ私にこうして笑顔を向けてくれるから。本来の契約にはない掃除や洗濯、そして何よりも食事の用意までしてくれる。そんな人と出会えたことを幸運と呼ばずにどう呼ぶというのだろう。

分かっている。そうと頭では分かっている。分かっているのに、体が鉛のように重いのはなぜだろう。

「ありがと。ちょっと疲れたから、後にしようかな……」

「時間をおくとかえって食べられなくなりますよ。軽くでもどうですか?」

「じゃあそうしよう、かな」

「着替えてる間に準備しておきますから」

玄関で靴を脱ぐ。部屋でスーツを脱ぐ。シャワーを浴びる。前はこうすれば仕事のことを忘れられたけど、最近はそれもうまくいかない。

いつ電話がかかってくるだろう。

何を言われるのだろう。

何をしていてもそれが頭をちらつく。

「でも、食べないと……」

せっかく作ってくれたものに手もつけないのはよくない。もともとの契約にはそんなことは含まれていないのに、松友さんは善意で作ってくれているんだから。

リビングとつながるドアを開けると、お味噌汁《みそしる》の香りが流れ込んでくる。テーブルには他にも炒《いた》めものとコロッケ、それに。

「あれ、この玉子焼き……」

いつも作ってくれるものとも、この前の明太子《めんたいこ》やネギが入ったものとも違う。どことなく見覚えのある、白い層のある玉子焼きが四角いお皿に並んでいる。

「ミオさんの家の玉子焼きが湯葉入りだったとこの前聞いたので、作ってみました」

「そうなんだ、ありがとう」

覚えていてくれたんだ。

料理は何度チャレンジしてもうまくいかなくて、自分で作れないならもう見ることもないと思っていた。あの頃の味はもう帰ってこないけれど、見た目が似ているだけでもなんだか懐かしい。

「じゃあ、冷めないうちに」

「うん、いただきます」

正直に言って食欲はまったくない。食べきることはできないだろう。

せめてひと口だけでも食べて、後は謝って——。

「……え？」

味付けが、いつもと少しだけ違う。私の好みに合わせてくれたものには変わりないけど、微妙に、でも確かに違う。

「でも、え……？」

もう一切れ食べてみる。間違いない。

甘みは控えめで出汁《だし》をきかせた、この味。

湯葉を挟み込んだ、この食感。

喉を抜ける時の、この香り。

「お母さんの、玉子焼き……」

いたらしい。
ミオさんがこぼした言葉に、少しだけ肩の力が抜ける。どうやらしっかりと再現できて
「お母さんの、玉子焼き……」

いたらしい。


「ミオさん、どうですか？」

「松友さん、これ、私のお母さんの、どうやって」

「卒業アルバムを見た時、お弁当の玉子焼きが写っているものがありまして」

「でも、写真だけじゃ」

「料理に慣れてくるとですね、写真からでも味の想像はつくものなんですよ」

「そう、なの？」

「……ええ、同じことをできる人は多いですよ。こうして俺にもできたわけですから」

「そうなんだ……」

人は嘘《うそ》を吐《つ》く時、視線が左上を向く。つい最近そんな話をしたのを思い出して自分の目をどうにか正面に向ける。

俺がやっていることは他人の手柄の横取りだ。写真から味の再現なんて、未華子《みかこ》の助力

がなければ絶対にできなかったろう。

でもそれに良心の呵責《かしゃく》を覚えるのも所詮は俺個人の問題。未華子本人があぁ言った以上、ごまかしきるのが俺の務めであり、通すべき筋だ。

そうしてでも、この料理は再現する価値のあるものだったのだから。

「ミオさんが小さかった頃によく食べていたんですよね」

「うん、ちょっと特別な日の玉子焼きで……。遠足とか、運動会とか……」

「ええ」

そこまでは俺も知っていた。遠足の写真に写っていたし、ミオさんからもそう聞いていた。

でも、実際に過去を知る未華子から聞くことができたのは、それだけじゃなかった。

「だから、私の一番好きな食べ物で」

「そう、だったんですね」

「学校で嫌なことがあった日に、泣いて帰ったら作ってくれたりもして」

「はい」

「晩ご飯食べながら話を聞いてもらって」

楽しい思い出も、そうでない思い出も、この味といっしょだった。ミオさんがお豆腐をはじめとした大豆食品を好むようになったのもこの玉子焼きがきっかけだという。

それを聞いて、俺は今これを再現することには意味があると確信した。

そしてそれは、たぶん正しかった。

「今思えば、小さい悩みだったな……」

「それでも当時は真剣だったんですよね」

「誰が誰を好きとか、誰が誰の悪口を言ったとか、くだらないよね」

「くだらないかどうかを決めるのは、その時の自分ですよ」

「その時の……？」

「他人から見てくだらなくても、将来の自分から見てつまらなくても、今、苦しいなら。それは本物です」

「そうなのかな」

「俺はそう思いますよ」

大人と子供で感じ方が違うと人は言う。子供のうちは世界も見識も狭いから、些細《ささい》なことに大げさに騒ぐのだ、と。

でも、そうとは限らない。大人になったから、社会人になったから、そう周囲に言われ、あるいは自分に言い聞かせて痛みを麻痺《まひ》させているだけなんじゃないのか。

「つまんないことなんだけど」

「ええ」

組織や集団の中で生きる以上、それも仕方がないし必要なのかもしれないけれど。でも、そうやって痛みをごまかしながら五十年も働くなんて不条理だ。

「取引先の新しい課長が、すごく体面を気にする人でさ」

「そうなんですか」

「資料にひとつ誤字があればプレゼンの中身はそっちのけでそのことばかり言ってくるし」

「……いますよね、そういう人」

会社勤め時代に覚えがある。間違いを見つけた数が多いほど優秀だと思い込んでいるタイプ。

「出した見積もりが予算に合わなかったら、経費が少ないのをごまかすために『おたくの見積もりが不出来だから発注できない』って言い出すし」

「……城鐘《しろがね》さんの弁護士事務所で言ってたこと、本当に最近の話だったんですね」

「最近では、進捗を細かく把握してますって上司に言うためにいつでも構わず電話してくるようになって……」

「普通に迷惑行為じゃないですか」

そんな情報に価値などなく、報告のための報告になっているらしい。それなら抗議すればば、と口に出しかけるが、俺がそれを言うことに意味はないと気づいて思いとどまる。ミオさんが言わないにせよ、言えないにせよ、変えたくても変えられないから変わっていないのならばそれが全て。いくら正論を並べようとただの詭弁《きべん》だ。

「あと、あと……」

「はい、なんですか」

その日の夕食は、いつもより少しだけ長かった。

個人的な感想ではあるが。なんとなく気恥ずかしい時の闖入者《ちんにゅうしゃ》というのは、どこか助かった気分になるものだ。

「出せん……。ドローして、ドローして、ドローして、パンナコッタ食べたい、ドローし……あ、出せた。え、それおかしくなかですか?」

「私も出せない……。ドローして、ドローして、ドローして、ドローして、ドローして、ドローして、うぅ、パンナコッタ……」

「出せるカードが出るまで無限にドローするルールって、けっこうな確率で全員がカード屋さん状態になって泥沼化しますよね」

ミオさんからお仕事であったことをひとしきり聞いたあと、俺は裕夏《ゆうか》も加えた三人でテーブルを囲んでいた。やっているゲームは言うまでもない。ウノである。俺とミオさんは言わずもがな、もちろん裕夏も大好きだ。

「あ、出せたわ。おかしいって、何が?」

いろいろ吐き出したミオさんは、そのおかげもあってか少しだけ元気を取り戻した。そうしてご飯も食べ終わったところでデザート目当てに乗り込んできたのが裕夏だった。

しかしひとつ問題があった。デザートのパンナコッタは俺とミオさんの分しか作っていなかったのだ。いくら裕夏でも今日まだ食べる余裕があるとは思っていなかった俺の誤算である。

ならばウノで争奪しようということになり、ゲームの合間にここ数日のミオさんが消沈していた理由を説明して今に至る。二人きりで過ごすのにちょっと気恥ずかしくなってもいたから助かった、というのは裕夏本人には言っていない。

それにもうひとつ。

裕夏にしかできない事がある。折を見てと思っていたがこの場に来てくれたのはちょうどいい。

「早乙女《さおとめ》さん、泣くほどどキツかったっちゃろ？」

「ななななんなな泣いてないけど⁉」

「だって目の周りが赤……」

「裕夏、タンタン麺だ」

「タンタン麺？」

不自然に手をブンブン振って目元を隠そうとしているミオさんを横目に、俺は裕夏の言葉を遮る。

「今日の夕飯はな、素麺《そうめん》のタンタン麺風だったんだ。それもタカノツメじゃなくてハバネロが入ったやつだったんだ。玉子焼きを載せても辛いやつだ」

「なんそれ痛そう……。やけん目の周りが赤いんやねー」

どこの兄妹もそうなのか、それともウチだけなのかは分からないが。それなり以上の精度で、俺は妹の考えそうなこと、やりそうなことは分かるつもりだ。

「そうそう、タンタン素麺の後遺症なの。で、なにがおかしいの？」

だから、この苦しい理由でもごまかせると分かるし、裕夏が次に言うだろうことも分かる。そしてたぶん裕夏も、それを俺が求めていることをなんとなく分かっている。

「早乙女さんがそこまでやることって、仕事の契約に入っとらんっちゃろ？　やったらせんでいいやん」

「しないわけには……」

俺が言いかけてやめたことそのままだが、これでいい。これは『裕夏にならん』言えることだから。

「えー、でも契約に書いてあることは絶対守らんといけんっちゃろ？」

「まあ、基本はな」

「やったら、書いてないことはやらんでいいって思わんと不公平やない？　それが自分も相手もお金もらう仕事やったらなおさらやん」

「そう、かもしれないけど」

なぜ俺には言えないか。すでに本来の雇用契約以上のことをやっている俺が『書いてないならやらなくていいでしょ』なんて言うのも説得力がない、というのがまずひとつ。そしてもうひとつが、これが『仕事』だから。

ミオさんの仕事はミオさんの仕事。マーケターとして社会に価値を提供すること。

俺の仕事は俺の仕事。そんなミオさんに安心して「ただいま」と言ってもらうこと。

お互いがそれをまっとうするのが俺とミオさんの関係だ。それを踏み越えて相手の領分に立ち入るのは職務放棄と変わらない。ベクトルが逆なだけだ。

「ミオさんを困らすんじゃない。仕事のことってのはただでさえ詳しく話しづらいもんなんだから」

ミオさんの仕事について俺は詳しく訊《き》かないし、やり方に口を挟むこともない。それは他人の職域を侵犯することだから。もし俺の言葉の通りにしてミオさんの会社に何かあっても、俺に責任をとる手段がないから。

あくまでミオさんだけが責任を問われる限り、俺が何を言っても『無責任な言葉』になる。そんなことを俺はするわけにいかない。同じ家で同じ食卓につく俺とミオさんだから、その気になりさえすればその境界線は容易に越えられてしまうだろう。だから、俺はミオさんの仕事にああしろこうしろとは言わない。土屋《つちや》にしても村崎《むらさき》にしても同じ立場だ。

でも、ここにはいる。ひとりいる。その境界線をたやすく飛び越えて好き勝手言えてしまう人間が。

「困らす気はないけど……。でも、困らしてきよんのは向こうやろ！　そいつがヘラヘラして金もらっとるのに早乙女さんはそげんご飯も食えんのが仕方ないって、やっぱおかしかろうもん！　因果鳳凰《インガホウオウ》って言うやん！」

「因果応報な。なんだその強そうな幻想生物」

「うぐ」

「ただ言ってることは間違ってない。必要なことと仕方ないことは、近くても別モノだ」

裕夏にも自分の言ったことに責任をとる手段はなく、さっきから好き勝手なことを言っている。でもそれでいい。

なぜなら、未成年《こども》だから。

保護者の同意を付けた契約には正式な責任が伴うが、逆に言えばそれ以外は『子供の戯言《たわごと》』なのである。よその子供が「こうしたら？」と言ったのを真に受けて仕事に失敗したとして、それを子供のせいにできるようには日本社会はできていない。

だから俺には言えないことを裕夏は言える。裕夏の言ったことならミオさんも聞ける。成功しても失敗しても、その結果を自分だけで背負えるから。

「それじゃあ裕夏、具体的にどうすればいいと思う？」

「んー……。兄ちゃん、勝ち負けって何で決まると思う？」

「そりゃ、力の強い方が勝つだろ。権力にせよ腕力にせよ経済力にせよ」

「数の多い方が勝つんだって。三人で囲めば高校生でもプロレスラーに勝てるって城鐘《しろがね》さんが言っとった」

「城鐘先生、子供に何を教えてるんですかね」

補足すると、その後に『だから数の少ない人も公平に戦えるように、法廷には弁護士が立つんだ』と続くらしい。肝心なのは後半なんじゃないだろうか。

「やけん、早乙女さんも味方ば見つけようよ。強いのをバックにつけて、契約書でぶん殴る修羅の国のスタイルで！」

正しさだけでは力がない。力とは数、ならば数を背景に正しさをぶつけるべし。抽象的ではあるが行動のとっかかりとしては十分だ。そしてミオさんならば、そうしてきっかけさえ作ればあとはどうにでもなる。

なぜならどうとでもできる人だから。ちなみに『修羅の国』というのは福岡県を指すインターネット・ミームである。

「……そっか、会社も通して書面でやればいいんだ」

「ミオさん、何か思いつきました？」

仕事はチームでできる人なのに、自分の問題となるとどうしても自分ひとりでなんとかしないといけないと思い込んでしまう節があるのがミオさんだ。そういう意味では、友達と旅行に行くために福岡から単身東京まで家出してしまう裕夏とは、正反対のようでどこか似ているのかもしれない。

「個人間の問題だと思っちゃってたけど、契約書の甲と乙はあくまで会社と会社なんだから。会社を盾にして」

「あれやね、学校でも便利なアレ！」

「そうそう。誰かに何かやめてほしい時に……」

「『それやめて。『って、先生が言ってた』！」」

「虎の威を借る狐《きつね》。いや、錦の御旗《みはた》ですかね」

やるやる、味方がいない時に便利だよねと、どこか深いところで共感しあっている干支《えと》ひと回り近く違うはずの女性陣。ミオさんにもそんな時代があったのかーと、十年以上も前のことにちょっと思いを馳《は》せながら、俺は手に持っていた最後の札を場に置いた。

「はい、あがり」

「え!?　兄ちゃん残り一枚でウノって言った!?」

「さあ、言ったんじゃないか？」

「松友《まつとも》さん、私たちが話すために手元がおろそかになったのを狙って……？」

「さて、どうでしょう？」

大事な話をするなら中断すればいいところを、熱中するあまり手ではゲームをやりながら話していたのが間違いだ。自分の手札や場は見えても、他人の手札にまで気は回るまい。だから俺がわざとウノを言わなかったことにも気づかない。ふたりとも勝負師としてはまだまだだな。

「うぐ……！　早乙女さん、兄ちゃんは小六の時、高校生のお姉さんにプロポーズして振られたことがあります」

「あら、そうなの？」

「報復のつもりかこいつ。人の心がないのかお前！」

「勝負の場でこすいことせんの！　もう一回！」

「もう一回!!　もう一回!!」

二人してやいのやいのと抗議してくる様はまるで姉妹。なんだろう、こんなミオさんは初めて見る気がする。単に裕夏に引っ張られているのか、それともミオさんの中で何か変化が起きつつあるからなのか。それはまだ分からないけど。

それは、きっとよい変化だという確信がある。

「裕夏」

「なん？」

「お前が来てくれてよかったよ」

ミオさんにとって、きっとこれは一歩前に進む出来事だから。

「なんか知らんけどどうでもいいけん、そういうの!!」

「風情の欠片《かけら》もないなお前」

圧がすごい。なんかいろいろ伝わっていない気がするが。

「はいはい、付き合ってやるよ何戦でも」

アメリカのホームドラマでよくやる肩をすくめるポーズで「やれやれ」とか言いつつ、俺はカードを切り始める。

その夜、ミオさんの仕事用スマホは二回ほど着信音を鳴らしたが、ミオさんが通話に出ることはついぞなかった。

◆◆◆

「城鐘さんにね、ハラスメント関係の専門家を紹介してもらったんだー」

「昨日の今日でですか?」

「昨日の今日で」

昨日、結局敗北してパンナコッタを食べそこねた裕夏《ゆうか》からの要望で作った『おしゃんなティラミス』にココアパウダーを振りかけながら、俺はミオさんと迷惑な取引先との顚末《てんまつ》について聞かされていた。

「いつものことながら仕事が早いですね？」

「八月のトラブルは八月のうちに片付けたくて」

「今年の汚れ、今年のうちにみたいな」

「そうそう」

　仕事だから仕方ないってことはあるけど、必要かどうかとは別問題だよね。そう言いながら、スーツから着替えたばかりのミオさんは麦茶をぐーっと飲み干した。

『必要と仕方ない、は別』

　ミオさんから一通りの話を聞いて、裕夏にも助けられてそう言ったのは確かに俺だが。その翌日、世間的にはプレミアムなフライデーというタイミングでもう行動に出るとは思わなかった。

「それにしても思い切ったというか」

「昨日、松友さんと裕夏ちゃんに話を聞いてもらったでしょ？」

「ええ」

「話してるうちに、自分でもたしかにこれは無いなって思えてきて」

「ありますよね、人に説明して初めておかしさに気づくパターン」

「なぜか自分だけじゃ気づかないんだねぇ。それにね」

　裕夏ちゃんを見ていて気づいたんだけど、と前置きしてミオさんは続ける。

「自分の幸せのために粘る人って、意外とかっこいいんだなって」

「……そうですね」

自分が幸せになる未来すら見えずにいたミオさんにとって、何かの刺激になったとすればば。裕夏が来たことにも意味があったのかもしれない。

「だから私も、少し自分の都合を通してみることにした」

「いいじゃないですか。城鐘さんも協力してくれてよかったですね」

事務所に行った時のやりとりで、城鐘さんもミオさんが厄介な取引先を抱えていることは知っている様子だった。わざわざ事前に用意していたってことまではないだろうけれど、それが頭の片隅にあるだけでも初動の早さはまるで違うわけで。

「詳しいことはこれから決まるけど」

「とりあえずどういう感じに？」

「今度、家にいる時に電話してきたらあっちの会社が新聞に載るかも」

「時代ですねぇ」

不幸中の幸いというべきか、時間を問わずかけてきた電話の内容はあくまで仕事のことだけだったらしい。でももし問題が大きくなってニュースになり、『取引先の女性に公私を無視して頻繁に電話していた』という見出しが付けば、つまりそういう扱いになるだろう。頼もしくも恐ろしい令和時代である。

「それで今日のご飯はー？」

「切り替えが早い」

「世界は高速化してるんだよ」

問題がひとつ解決したなら、すぐ次の問題へ。それが令和のビジネスらしい。ならば俺もそれに従おう。

「では迅速に答えますとエビフライです」

「そっかー。……エビフライ？　エビ天じゃなくて？」

高速化と言いつつもゆるゆるしていたミオさんの動きが、ぴたりと止まった。

「エビ天じゃなくてエビフライです」

「素麺《そうめん》シリーズじゃないってこと？」

確かに素麺にあわせるならエビ天だろう。エビフライはどっちかといえばナポリタンのパートナーだ。

そう、今日の食卓にあの見慣れた白く細長い姿はない。なぜならば。

「素麺を砕いたものを衣にしてみました」

「衣」

「試してみたら案外いけまして」

乾燥した素麺はかなりの塩分を含む。それを衣として使った結果、衣に塩味がついたちょっと斬新なフライができあがった。

「ソースの量は控えめにして、レモンやカボスが合うと思います」

強いて欠点を挙げるとすれば、素麺が硬いからうっかりするとサボテンのごとく口内に突き刺さることか。

「あ、あのね、松友さん」

「なんですか?」

「私が食欲なかったのって、九十五パーセントはさっきの木舟《きぶね》さんのせいなんだけど」

「残り五パーセントは別ってことですか?」

「毎日の素麺責めのせいも、五パーセント、いや、三パーセントくらいは……」

「ミオさん」

「お、怒った? ごめんね、ご飯に文句があるってわけじゃないんだけど……」

「怒ってはいませんよ。怒っても素麺は減りませんからね」

「減らないよね」

そう、俺たちが取り組むべき次の問題がこれだ。

素麺が、減らない。

やり手のマーケターであるミオさんの取引先には昔気質《むかしかたぎ》の人が多いのか、お中元には上等の素麺をいただくことが多い。ただその数がすさまじい。

「夏のはじめに、飽きずに食べきりましょうと言った俺にも責任はあります」

「七夕だっけ。お話ししたね、そんなこと」

「華厳の滝にでも放り込んで流し素麺やったろか、という量があるのは計算外でした」

飽きないためのアレンジも残弾が乏しくなってきたここ最近、俺は新しい可能性を模索しだしている。温かい素麺、いわゆる『にゅうめん』にヒントを得た鍋焼き素麺はその嚆《こう》矢《し》。和《あ》え物にしたり炒《いた》めものにしたりを経て、今は国際化も辞さない姿勢で臨んでいる。

それでもなお、ゴールまでの道のりは長い。

「あとどのくらいあるの……？」

「そうですね。素麺完食までの道を、裕夏が辿《たど》った福岡～東京の旅に喩《たと》えるとですね」

「そ、そうだ裕夏ちゃん！　裕夏ちゃんがいっぱい食べたからその分は減ってるよねっ!?」

裕夏が食べた量のイメージなんだろうか、手で大きな丸をぐるぐる描きながらミオさんが期待に満ちた目をしている。裕夏の胃袋がこんなにも希望をかけられたのは初めてのことかもしれない。

ちなみに当の裕夏にはお使いに出てもらっている。エビフライなのにタルタルソースが切れていたからだ。

「ええ、裕夏のおかげで相当に前進しまして」

「おお！」

「岡山から新大阪までは新幹線に乗れた、くらいの前進ですね」

「岡山から新大阪。福岡〜東京間で」

福岡から陸路で東京を目指す場合、山陽新幹線と東海道新幹線が切り替わる新大阪はちょうど中間くらいになる。そう、中間地点だ。

「まだあと半分……!?」

「まだ半分じゃありません、もう半分なんですすミオさん」

「そ、そうだよね！　心の持ちようは大事だよね！　グラス・ハーフ・フル!!」

そう、気持ちは大事だ。でないとこれからの戦いに耐えられない。

「そうです、その調子ですよミオさん」

「えっと、今ってお中元をもらってから一ヶ月ちょっとだよね。つまりもう一ヶ月ちょっとで……」

一ヶ月ちょっとをかけて半分きたならば、同じだけかければ。

「はい、それで去年の分が終わります」

「去年？」

「去年です」

「きょ、ねん……？」

木箱に収まった上等の素麺は、そのぶん賞味期限も長い。が、それ故に『じゃあまた今度でいいかな』という心理が働く。

「ミオさん、去年の夏はひとりで暮らしてたと思いますけど、どのくらい食べたか覚えてますか？」

「……二、三把くらい」

「つまり、ほぼ丸ごと残っています。もちろん、今年消費しないと来年もまた増えます」

「あばばば……」

〝ピンポーン〟

ミオさんが固まったところで、部屋のインターホンが鳴った。裕夏がタルタルソースを買って帰宅したのだろう。

「ただいまー！　兄ちゃん、ついでにチョコも買ってきたー」

「裕夏お前、おつかいでお菓子買うとかマジモンの小学生か？」

「裕夏ちゃん！」

リビングに現れた裕夏の手を、ミオさんががしっと握った。

「は、はい！」

「しばらくうちの子にならない!?」

「なして?」

「ミオさん、人の妹をヘッドハンティングしないでください」

「じゃ、じゃあ松友《まつとも》さんといっしょに雇うよ!?」

「なして!?」

わちゃわちゃと騒ぎ続けるミオさんと裕夏《ゆうか》は、混乱しつつも実に楽しそうだ。

そう、楽しい。楽しいことは大事だ。

隣のお姉さんに『おかえり』と言う。それが俺の仕事。前代未聞の業務内容ながら、月の報酬は三十万。起きる事件は予想外のことばかりで、雇い主《ミオさん》のことだってまだ知らないことの方がずっと多いけれど。

それでも、この仕事はとても楽しい。

楽しいのは確かなんだけれど。

「『隣のお姉さんの家で素麺を食べる仕事』を生み出さないでもらえませんか、ミオさん!」

関連業種が、謎すぎる。

閑話③『土屋さんたちは互いをよく見たい』

おかえり

「……先輩、おはようございます」

「しんどそうやな、村崎《むらさき》……」

「先輩こそ、見るからに……」

月曜日である。世の中で一番気の毒な神様がいるとしたら、きっと月曜日の神様だろうと思うくらい理不尽に疎まれている月曜日である。

しかも世間はまだギリギリ夏休み。出勤の電車もいつもより空《す》いており、乗客も私服の学生や家族連れが目立っていた。

そんな中を寝不足の体を引きずって出勤するオレら、立派すぎる。

「村崎のせいやぞ……。お前がもう一回、もう一回ってせがむけん……」

「先輩だって、もう少し優しくしてくれてもよかったと思います……」

「かー……。腰が痛かー」

互いに責任を押し付けあったところで、眠気も疲労もガチガチに固まった関節の痛みも消えはしない。

隣り合ったデスクに同時に腰を下ろすと、安物のチェアがギシリと音を立てた。心なしか、向かいの大山《おおやま》さんがなんか凄《すご》い顔で見ていた気がする。

まったくそれにしても。

「まさかボードゲームってもんがあそこまで過酷とは」

「集中力がいるから、うっかり同じ姿勢でいてしまって肩や腰にきますよね」

「なー」

向かいの大山さんがズッコケた気がしたが、どうかしたんだろうか。

「ずっとコマをとったり置いたりで、だんだん何がなんだか分からなくなってきますし」

「それは似たようなんばっか買うけんやろうが。なして陣取りゲーム三連星なん」

「さすがに少し反省しました」

「おかげで、夢でもゾンビをレンチンして出荷する仕事しとって、寝た気がせんわ……」

「奇遇ですね。私もです……」

昨日の日曜は村崎にせがまれてボードゲームに付き合ったが、結局夜十時までぶっ通しだった。おかげでオレたちの脳は夢に出るまでにゲーム内容を刷り込まれてしまった。

今夜も眠れるか少し不安だ。いろんな意味で。

「おかげで首もバッキバキでぜんぜん回らん」

「見ての通りですね」

「ああ、本当に回らん。お前もか村崎」

「はい、首が三十度も回りません。本当に回りません」

「さっさと仕事ば終わらせて、整体かマッサージ行かんとな」

「はい」

◆◆◆

「そういえば先輩、姉さ……ミオさんから連絡がありまして」

仕事を始めて一時間も経《た》たない九時四十五分に、村崎が声をかけてきた。

それにしても、この後輩は相変わらず他人の呼び方が安定しない。あだ名や下の名前で呼び合うことになれていないんだろうか。女社会ならむしろそっちの方が多いイメージがあるが。

その辺の背景はさておき、重要なのはメッセージの相手だ。

「お、早乙女《さおとめ》さんからか！　どうした？」

「九月の三連休で、よければ日帰り旅行にでも行かないかと」

「ほー、旅行か」

「どうします？　急な誘いだから無理はしないで、とは書かれてますが」

「悪い、パスで」

「珍しいですね？　ミオさんの誘いなら一も二もなくお受けすると思っていたのに」

「三連休やろ？　友達と約束があるっちゃん。先約があればさすがに守るわい」

「でも、いいんですか？」

至極まっとうに返事をしたつもりだが、今日の村崎はやたら食いついてくる。

「何がよ」

「ふたりが旅行中に遭難して力を合わせて生還したりしたら、いよいよミオさんは松友先輩のものですよ？　命を預けあった仲間を引き裂けるものは何もないんです」

「お前、最近読んだ本を言ってみい」

「すみません、昨日眠れなくて冒険小説を読みました」

正直なのはいいことだ。

「眠れない時にまた眠気の覚めそうなものを読みよってからに。そんな面白いんか」

「すごいですよ。南極で船が難破して、クジラやアザラシを食べながらどうにか捕鯨基地のある島までたどり着いたと思ったら、人里との間に前人未到の氷の荒野があって」

「どんな設定やねん」

「実話です」

「実話」

「はい、そこをロープと手斧《ておの》と釘《くぎ》を打ったブーツだけで踏破した人たちのノンフィクションです。『エンデュアランス号』で検索したら出ます」

「ほー、どれどれ……？　うお、こらえらいぞ村崎」

「反応が早すぎませんか。すごい写真でも出ましたか」

「セパパッチの検索結果が増えとる！　オレの見つけた検索一件ワードが死んだ！」

「『エンデュアランス号』で検索してくださいよ」

「おう」

仕事中なのでチラ見が限界だが、なるほどこれはすごい。人類の持つ勇気の偉大さが分かるエピソードだ。

「人間讃歌《さんか》は勇気の讃歌とはよく言ったもんやな」

「人間のすばらしさは勇気のすばらしさですよね」

「つまり話を戻すと」

「はい」

「マッツーと早乙女さんが遭難し、地図もない未開の地で過酷な決死行を余儀なくされ、乏しい装備と食料で数ヶ月にわたるサバイバルを生還したら、オレの入る余地はなくなると」

「そうですね」

「無事に帰ってきてくれたら十分やと思う」

「私もそう思います」

「埋め合わせはそうやな、その次の連休にでもオレがセッティングして誘うわ」

この夏で一番不毛な会話をしてしまった気がする。

そうこうしつつも時計の針は進み、時刻は午前十時三十分。

「ところで村崎」

「なんでしょう」

今度はオレの方から声をかけることになった。

「昨日、近所にできた新しいカレー屋の話ばしたやん？」

「ああ、福神漬けを配っていたっていう」

なぜか十五袋も配っていたので、村崎に二袋譲ったんだった。

「帰りに見たら、別の店になっとった」

「潰れてしまったんですかね」

「いや、キーマカレー屋になっとった」

「キーマカレー屋」

「実はカレー屋になる前はグリーンカレー屋やってん」

「一度原点回帰したんですね」

「ちなみに店長も店員も同じ。どう思う？」

これに対してどう思う？　というのも大概に雑な質問だが、村崎は十秒ほどじっと考えている。おそらく、またトンチンカンな答えを導き出すのだろう。

「ナンがおいしいならアリだと思います」

「限りなく正論やった。すまん村崎」

「？　いえいえ？」

「まあ、なんでこげん話したかっていうとな」

キーマカレー屋に変わっていることに気づいたオレは、気になって思わず入ってしまった。ラストオーダー直前の滑り込みにもかかわらず快く迎えてくれた店員と談笑していたところ。オレはある情報を手に入れた。

「あそこ、次は彼女カレーの店になるらしい」

「カノジョカレー？　なんですか、それ」

「彼女と彼、つまりアベック限定のカレー屋らしい」

「お断りします」

早い。そして厳しい。

「でも気になるやん。そんなんでどげんして採算とるのかも含めて」

「否定はしませんが、周囲で本物のカップルが『はい、あーん』などとやっている状況で食べるカレーに味がするとは思えないので」

「メロンパン屋やったら周りにカップルしかおらんくてもおひとり様で突撃できるタイプやろ?」

「なんですか」

この返答は予想していた。なのでこちらにも反撃の備えがある。

「やけど村崎」

「否定はしません。でもそれはそれ、これはこれ」

「よそはよそ、うちはうち」

「お母さんに言われるとなぜか胸が痛くなる言葉ですね」

幼少の頃を思い出しているのか、ほんの、ほんの、ほんの少しだけ上を見つめている。

「そんで、新装開店の新メニューとして」

「そう毎度釣られはしませんよ。カレーだって格別に好きでもないですし」

「カレーメロンパンが出るらしい」

「……なんです?」

「カレーメロンパンが、出るらしい」

カレーパンとメロンパン。大人気のパン同士をドッキングした夢のパン。

カレーをつめたパン生地を、揚げるのでなく専用のクッキー生地を被《かぶ》せて焼くと店員の女の子は言っていた。

「……

……

…………………………………………………………仕方ありませんね」

「めっさ悩んだな今」

「逃げようとする常識と確かめたい矜持《きょうじ》が胸のなかを渦巻いています」

「死ぬときはもろともよ」

「それはおひとりでお願いします」

後輩が冷たい。

「じゃ、今日明日のどっちかな」

「いつまた変わるか分かりませんからね。早い方がいいでしょう」

「おう」

この夏で二番目に不毛な会話をしてしまった。

「もうひとついいですか先輩」

「おう、言ってみい」

「村崎《むらさき》、思い出したっちゃけど」

「なんでしょう」

「先輩、ちょっと」

「おうよ」

「後輩」

「先輩」

「あの」

そうして迎えた昼前。係長の大山《おおやま》さんが席を外し、事務所に緩い空気が満ちた時。

ついにタイミングが被った。

「お先にどうぞ先輩」

「いや、順番的に村崎が先や。言っちゃり」

「では。私、空気は読めない方でして」

「知っとる」

「人の感情を推し量るのとか、特に苦手なんですが」

「ふむ」

「これが『気まずい』って感情なんですね。ようやく分かりました」

「鋼鉄仮面メガキランに感情が芽生えたか。博士に報告せんと」

「私は地球を守る巨大ロボじゃありませんし、父と母から生まれたので博士もいません」

「真面目な回答をありがとな」

「いえいえ」

そう真顔で言う村崎ロボが今まで『気まずい』という感情を知らずに生きてきたことに、驚きと納得はありつつも。

目下、最優先課題は地球の平和よりもっと身近にある。

「それで、オレの方の用事やけど」

「はい」


「村崎、やっぱ前は向けんの？」

「無理です」


「そうか無理か」

「すみません。首が二十度しか回りません」

「朝は三十度やったろうに」

「治らないかと色々試していたら悪化しまして」

「こら、首は大事にせんといかんぞ」

「すみません」

ボードゲーム地獄からの、夢見の悪さによる寝苦しさ。

それによりオレが右しか、村崎が左しか向けないよう寝違えたと分かったのは、同時に出社して顔を合わせた瞬間だった。

以来三時間、オレと村崎はじっとお互いを見つめあったままの業務を強いられている。

「無駄話でもせんと間が持たん」

「ちなみに土屋《つちや》先輩は？」

「無理。この角度以外は首がもげて落ちる」

「首は大事ですから落としたら大変ですね」

真顔で言う村崎にツッコミを入れる気力もない。気まずさで人は死なないのかもしれないが心は死ぬ。

「よく、互いをよく見んと人間関係は長続きせんっていうけど」

「はい」

「何事もほどほどが一番やな」

「同意します」

頷《うなず》くつもりだったのだろう、ほんの少し下を向こうとした村崎が悶絶《もんぜつ》している。

本当は整体師にでも見せた方がいいのだろうが外の気温は今日も四十度近い。この酷暑の中をこの首で歩けば整体より先に病院行きになるだろう。

かくなる上は。

「村崎」

「はい」

「席、代わらんや」

「天才ですか先輩」

この日、オレと村崎は互いにそっぽを向いたまま終業を迎えた。向かいのデスクの大山さんはそんなオレたちをとても心配そうな目で見ていた。

首は大事だからだろう、気を遣わせてしまい申し訳ない。

首は仕事帰りにマッサージに行ったら治った。

◆◆◆

そうして今週を倒し、迎えた週末。

「村崎、その服かわええな」

「ありがとうございます」

「かわいすぎるな」

「ありがとうございます」

「かわいらしすぎて中学生と間違われたん、面白すぎるっちゃけど」

今日は会社で約束した通り、村崎とカレー屋に来ている、のだが。

村崎が子供だと思われたおかげでカップル限定の看板に阻まれるところだった。身分証を即座に取り出した辺り、村崎にとっては日常茶飯事らしいのがまた哀愁を誘う。

「それについて土屋先輩、ひとつお尋ねしたいんですが」

「なんよ」

「名誉毀損の裁判って民事でしたっけ、刑事でしたっけ」

「やめて」

そんな村崎は不機嫌そうにお冷を飲みながら、壁に貼られたメニュー表をじっと見ている。やはり一番下の『カレーメロンパン』が、もっと言えばそこに書き添えられたコピーが気になっているのだろう。

「ほー、『お子様にも大人気』か」

「先輩、この流れでわざわざ読み上げた理由をお聞かせ願えますか」

「村崎には似合うやろなって」

「先輩、オブラートって知ってます？」

「アルファ化したデンプンを乾燥させた薄い紙やな。ヨーロッパで発明され、明治三十五年に日本人が寒天を使って今に近い形に……」

「先輩」

「ごめんて」

すごい目で睨《にら》まれた。マッツーが早乙女《さおとめ》さんに同じこと訊《き》かれたときは、これで切り抜けられたって聞いたのに。

「まあ、村崎が苦労しとるんは分かったわ」

「それはどうも」

村崎の身長は百四十五センチ。以前にググったところ、たしか十一歳の平均身長と同じくらいだったと記憶している。

顔つきは大人びているから小学生と間違われることはさすがにない。が、それ故に小ささがいっそう際立ち、高校生以上には見てもらえないというジレンマに陥っている。

「この社会は理不尽です。理不尽なんですよ」

「なんがよ」

「好きで小さいわけじゃないのに。ちゃんと教育だって受けたし仕事もしてるのに。社会は私たちに子供服を着せようと不当な圧力をかけてくるんです」

私たち。

おそらく、全国数千人か数万人かの童顔系百四十センチ台《アンダー1・5》たちの代弁をしているのだろう。つぶやき系ＳＮＳでバズりそうだ。

「んー、でも大人な服もまったく無いわけではないっちゃろ？」

「ええ、やや少ないですがちゃんとありますよ」

「やったら……」

それを着ればいいじゃないか。

そう言う前に、諦めたような目の村崎が食い気味で返してきた。

「着ると、周りから『大人っぽくていいね』って言われます」

「大人なのに」

「大人なのにです」

「そら……うん。大変やな」

「先輩」

「おう」

「笑いたいなら堂々と笑ってくださった方が、気分的に楽です」

「あっはっはっは！　なんそれ、くっそウケる。完全に子供《おこちやま》に対する反応やんけ！」

「先輩」

「おう」

「この胸にわいた怒りと憎しみ、絶対に忘れません」

「理不尽すぎる」

こうして理不尽が理不尽を、憎しみが憎しみを生むのか。世界から戦争がなくならないわけだ。

「いらっしゃいませお客様、ご注文はお決まりでしょうかー？」

タイミングを見計らったのか店員さんがきてくれて一命をとりとめた。赤いチェックのエプロンが似合う、茶髪パーマのお姉さんだ。

「先輩、お先にどうぞ」

「おう、じゃあチキンカレー中辛の大盛りと、ラッシーと……」

ちらとテーブルの向かいを見ると、村崎《むらさき》がまたじっとメニューの下の方を見つめている。

そんなにか。お子様に大人気のメニューを頼むだけのことがそんなに辛《つら》いか。さすがに気にしすぎな気もする。

……いや、その辛さを決めるのはオレじゃない、か。

きっとこれまでに何度も何度も、村崎はそうやって辛い思いをしてきたんだろう。他人には分からない痛みというのは誰にでもある。村崎にとって「子供っぽい」を受け入れるのは、オレには想像できない痛みを伴うのかもしれない。

だったら、少しくらい気を利かせてやるのも先輩の務めだ。

「……カレーメロンパンってのも面白そうやな。それ、ふたつください」

「先輩……？」

「気にすんな」

本気で驚いた顔で見ないでほしい。あんな顔されたら、誰だって無視できないだろうに。

「はい、かしこまりました。ではそちらのお客様のご注文は？」

「あ、カレーメロンパンみっつで」

おいィ？

「えっ？　お連れ様と合わせて五個ということですか？」

「はい、それでお願いします。出来上がるまで少々お待ちくださいませ」

「わ、分かりました。

「村崎ィー？」

　堂々と言いよった。微塵《みじん》も伝わってなかったオレの思いやり。さっきまでの思いつめた顔はなんだったのか。

「なんでしょう」

「お前、子供に人気ってメニューを頼むのに抵抗とかそういうんは」

「……慣れましたよ、もう」

「そ、そうか。悪かこと訊いたな」

　遠い目だ。遠い目をしている。越えてきた修羅場を振り返る、歴戦の漫画家みたいな目をしている。

　二十二年の人生で、同じ辛さを乗り越えすぎたのだろう。すでに痛みを感じていないのか、感じていないと思いこんでいるのか。どっちにしろ、やっぱり他人の痛みは理解できないものらしい。

「でも、先輩も気になってたんですね。ふたつも頼むなんて」

「お、おう。まあな」

言えない。普通にお前と一個ずつのつもりだったとは言えない。

「おかげで少しだけ頼みやすくなりました。助かりました」

「……ならええか」

まあ、まったくの無駄ではなかったようだからよしとしよう。村崎《こいつ》も、なんだかんだ溜《た》め込むタイプだし発散するのは大事だ。

でもカレーに追加でメロンパン二個かー。

大盛りカレーに追加でチャレンジングなメロンパン二個かー。

どうしよ。

◆◆◆

「お会計、二千百三十円になりまーす」

乱暴な言い方をすれば、人間の舌は『油』を美味《うま》いと感じるようにできている。

カレーもその一例で、カレールーはカレー粉と小麦粉を油で練ったものだ。カレーパンに至ってはそれをさらに油で揚げるのだから美味くて当然である。その辺はマッツーが詳しそうだから、機会があれば聞いてみようと思う。

とにかく何が言いたいかと言うと。

「予想以上のおいしさでしたね、先輩」

「おう」

カレーメロンパン、美味かった。

パン生地にカレーを詰め、クッキー生地を被《かぶ》せて焼いたという悪魔合体じみたパン。どんなものかと思っていたが、これが意外に理にかなっていた。

クッキーという菓子は、小麦粉と砂糖をバターで練って焼いて作る。それくらいはオレも知っている。そしてカレーは前述の通り、小麦粉とカレー粉を油で練って作る。

そう、カレールーとクッキーはまったく別の食べ物のようで、実は近しい存在なのだ。

奇跡の出会いを果たした両者は、カレーメロンパンという新たな女神へと転生を遂げたのである。

「揚げないかわりにバターを多めにして、カレーと喧嘩《けんか》しないように甘さを調整したメロンパン。実に見事でした」

「ありがとうございます！」

「このお店の方がご考案を？」

「はい、『未来・オブ・カレーはフロンティア』が店長の口癖でして。いろんな料理や食材との組み合わせを模索してるんです」

「なるほど？」

「実験厨房《ちゅうぼう》にはガネーシャ神の絵が飾られています」

「なるほど！」

どんな口癖だ。どんな厨房だ。というかガネーシャってどんな神だっけか。確かゾウの頭が人間に乗っかったような……。

「そうか……カレーメロンパンはガネーシャか……」

「先輩、どうかしましたか？」

「いや、なんでんなか……ちょっと話すのはあとでな……」

まあ、いくら美味いと言ったところで油オン油なわけで。何事も適量というものがあるわけで。さすがに大盛りカレーに追加で二個はしんどかった。食ったけど。

「無理してぜんぶ食べるからですよ。どんなメロンパンも人を苦しめるためには存在していないんですよ？」

何か壮大なことを言っている村崎の手には、カレーメロンパンが入ったビニール袋がぷらぷらと揺れている。

いくら村崎がメロンパン好きといっても、その小さな体に三個も入るのだろうか。

ギリギリの戦いをしながら不安を抱いたオレをよそに、村崎は二個食べたところで店員に持ち帰り袋をもらうという行動に出た。イートインのあるパン屋では割と普通のことらしい。

　カレー屋ではあまり見ないが、難しいことを要求したわけでもなし。店員も快諾し、村崎はご満悦の表情で自分のぶんの会計を済ませている。オレも先に知りたかった。

「ところで、ここってカップル限定のカレー屋なんですよね？」

「はい、そのようにさせていただいております」

「その前は普通のカレー屋で、そのさらに前はグリーンカレー屋だったと聞きましたけど。なんでそんなに変えてるんですか？」

「あー、そこですか」

　それはオレも気になっていた。前回来た時は訊《き》き逃したが、ここまで頻繁に専門を変える理由は訊いておきたい。

「それがですね、店長がガネーシャ神に敬意を表するあまりにですね」

「あまりに？」

「店の顔、つまり看板をすげ替えることにハマったんだそうです」

「なるほど！」

「いや、それむしろ不敬やろ！……あかん、大きい声出すと気分が」

　だいぶ予想外の理由だったが、そういうことならこれからもどんどんジャンルが変わっていくのだろう。それもカレー縛りで。

「事情は分かりました。でもカレーメロンパンはインダス文明に誇っていい出来だと思います。また食べに来ますから続けてください」

「そうしたいところですが……。どうも、カップル限定にしてから売れ行きがガクッと落ちちゃって。なんでですかね……」

「それは不思議ですね……？」

考え込む女二人。打開策を見つけようというのか小さく唸《うな》っている。

いや、少なくとも理由のひとつは明らかだと思うが……。オレはもう声を出したくないので黙っておく。出さない。出さんぞ。

「お客様のおっしゃるとおり、味は悪くないと思うんです」

「そうですね」

「名前のゲテモノ感は否定しきれませんが、カップル限定にしてから下がる理由はないし」

「ええ、なんといってもメロンパンですし。メロンパンなら売れて然《しか》るべきです」

突っ込まんぞ。

「売り文句もしっかりメニューに書いてアピールしましたし……」

「個人的にはいただけませんが、子供を取り込むのは大事ですよね」

「タピオカでも詰めてみるべきでしょうか……」

「時期的にはもち米を詰めておはぎ風に……」

「うーん」

「う――――ん」

「……いや、カップル限定の店になして子供に大人気のメニューがあるとや。胡散臭《うさんくさ》すぎるやろそんなん」

「はっ！」

「言われてみれば……!!」

いかん、声を出してしまった。気持ち悪い。

「い、いや、ははは。さすがに私どももそこまで間抜けなミスはしませんってー。わざとですよ、わざと！」

「だそうですよ先輩」

「……そか」

これ以上ここにいたら決壊して社会的に死ぬ。『死因：ボケの過剰摂取』で死ぬ。早いとこ退散したほうがいい。

「じゃ、行こうや村崎……」

「はい先輩。店員さんも、売上アップするといいですね」

「あ、ありがとうございます。またのお越しを～。……店長、大変です！　私たちは大きな誤算を……」

ガラス戸を出ると同時、背後からうっすら声が聞こえた。まあ、美味いカレー屋なのは確かだしこれで売上が改善してくれるならよしとしよう。

「また来ましょうね、先輩」

照りつける太陽に、アスファルトからの熱気。シャツに一瞬で汗が滲《にじ》むほどの暑さでセミすら死んでいる中、オレたちは駅へと歩き出した。

「次はカップル専用やなくなっとるとええな。神経がすり減る」

「そうですか？　私はかまいませんが」

「……お、おう、そうか？」

ふと左下を見れば、村崎《むらさき》が袋の中のメロンパンを確かめては幸せそうにしている。表情が薄くて分かりにくいが、たぶん幸せそうにしている。楽しめたようで何よりだ。

……今夜は、素麺《そうめん》とかにしよう。そうしよう。

「ん？」

そんなことを考えていたら、いつの間にかスマホにチャットが来ていた。食べることに手一杯で気が付かなかったらしい。

「マッツーからやん。おー、またタイムリーな」

「松友《まつとも》先輩が何か?」

「いや、ちょうど今夜は素麺にしようかと思っとったら」

松友裕二:
素麺のいいやつがあるんだが、今夜にでも食べに来ないか?
たくさんあるから持って帰ってもいいぞ

「あ、私のところにもミオさんから同じのが来ました」

「けっこうガッツリあるっぽいな」

「行くんですか?」

行かない理由がない。むしろ、目的ならもうひとつある。

「福神漬け、持ってくか」

さっきのカレー屋が前回の新装開店で配っていた福神漬け。家にまだ十一袋あるから、ついでにごそっと持っていこうと思う。

「素麺に合うんでしょうか」

「分からんけどこうでもせんと永遠になくならん」

「……否定しがたいかもしれません」

「恨むなよ、マッツー」

量によっては全部は受け取ってもらえないかもしれない。一袋でも多く押し付けられるよう、ここは何か言いくるめられるような文言を考えていこう。またネットで検索すれば健康効果とかが出てくるだろうし。

そんなことを考えていたこの時のオレと村崎は、まさか七袋の福神漬けが五十把の素麺に化けるなどとは夢にも思っていなかった。

「三時間でした」

「三時間」

「ええ、三時間です」

三時間。三時間である。往復すれば六時間である。

「つくばと大洗って、移動にそんなにかかるんだ……」

「ちょっと想像を超えてましたね」

「地図だと近そうなのに」

「直線距離なら五十キロってとこですかね。なあ裕夏《ゆうか》、天神から大牟田《おおむた》までって電車でどんくらいだっけ」

「二時間くらいやないっけ?」

福岡県をタテに貫く西鉄天神大牟田線は、その名の通り福岡市中心部から福岡県南端の大牟田までを結ぶ鉄道だ。福岡県をほぼ端から端まで移動して二時間、ということになる。

「茨城県もそのくらいのスケールだと思ってました」

「私も……」

以前話した、村崎に茨城県を案内してもらうツアー。九月の三連休を使って開催しようかという話になるも、誘った土屋《つちや》に先約があって延期を余儀なくされた。でも調べるだけはタダだし少し検索してみようという話になって今に至る。

村崎の地元であるつくばを見て、それから魚市場と水族館、そしてなぜか戦車でも有名な大洗町に行って海鮮でも食べよう。そんな計画をしていた自分たちの不見識を、スマホに表示された乗換案内サイトが噛《か》んで含めるように思い知らせてくる。

「しかしそうなってくると、前回が海だったから今度は山とか？」

「山かなー」

広大な関東平野を有する関東地方も、あくまで平地なのは東京と神奈川の西側に限った話であって、全体としては他の地方と同様に山がちな地形をしている。名山・霊山と呼ばれる山も多いから登る山には困らないはずだ。

つくばにこだわるなら筑波山《つくばさん》という選択肢もある。

「キャンプでもいいっちゃない？　流行《はや》っとるし」

「一泊二日でゆるい感じのキャンプ、ってとこか。それもいいな。ミオさんはどんな山がいいとかあります？　山はいっぱいありますからね、多少厳しい条件でもどっかしら引っかかりますよ」

んー、と小さく唸りながらミオさんが天井を見つめること、数秒。

「行くだけでちょっと特別感があって、昼間も暑くなくて、蚊もマムシもゲジゲジもいなくて、人が多すぎも少なすぎもしなくて、あとお仕事で会った人に話したら盛り上がれる山がいい」

思ったより厳しいのが来た。

いうほど登山に詳しいわけでもない俺の知識では、その条件に当てはまる山はひとつしかない。

「……エベレスト、ですかね」

世界、最高峰。

特別感ある。暑くない。上の方なら虫やヘビいない。仕事の打ち合わせで「この前、ちょっとエベレストに登ってきまして」なんて言った日には盛り上がること必至。完璧だ。

「人、少なくないの？」

「ヒラリーステップには順番待ちの行列ができることもあるらしいですよ」

「へー」

エベレストの有名な難所で、左右が二千メートル以上の断崖絶壁だからひとりずつしか通れないとネットで見た。

たしか酷暑の中を延びるタピオカミルクティーの行列を見て、

『世界一命がけの行列ってなんだろう』

と気になって調べて知ったんだったか。他にはバチカンのクリスマスとか、日本だと夏のコミカライズマーケットとかが出てきた記憶がある。どちらも待ち時間が半日とかの『日』単位だった。

「でも、やっぱりちょっと遠いかなー」

「エベレストのためにネパールまで行くならパスポートの期限を確認しないとですね」

「じゃあもう少し身近なところにしましょう」

土屋や村崎も誘って、あの、名前が分からないけどホットサンド焼くやつとかも用意して行ってみるのも楽しそうだ。

「裕夏ちゃんがこっちにいるうちにできればよかったんだけどね」

「ウチも行きたかったー」

「村崎と裕夏を並べてみたいって気持ちはあったが、こればかりはな」

裕夏がイスの上で床に届かない足をパタパタさせるが、それも仕方のないこと。裕夏の希望で東京滞在を延ばしてきたのも今日までだから。

今日は八月の三十日。長かった夏休みも、明日で終わりだ。

◆◆◆

夏休みを地元で過ごした人が東京へ帰る、いわゆる『Uターンラッシュ』はお盆の終わりごろがピークだ。一方、逆に夏休みを東京で過ごした人の帰り道は空《す》いていることが多く、さらに夏の最後まで粘る人は少数派なのかニュースになることもあまりない。

そんな背景を加味しても東京というだけでかなりの混雑を伴う中、俺とミオさんは改札前で裕夏を見送っていた。

「改札の中まで見送りにいくのに」

「兄ちゃん、入場券っていくらなん？」

「百四十円だな」

「じゃあいらん」

「そっか」

「もったいないなか」

百四十円あればドクターペッパー買えるし。東京で出会って感動したという炭酸飲料を二本詰め込んだキャラメル色のバッグをぺしぺし叩《たた》きながら、裕夏は発車時刻の並ぶ電光掲示板を見上げている。その服装はフレア袖の白いカットソーに紺のミディスカートと、こちらに来た時に比べれば少しだけ年齢相応なものに入れ替わっている。

何に金を使い、何に使わないか。浪費癖がつくよりは、自分なりの価値観で考える精神が染み付いているほうがずっといい。

「いいか裕夏、スマホの充電は新幹線できっちりしておけ。向こうについたら千裕《ちひろ》姉に連絡すれば迎えに来てくれるからな」

「分かっとる」

「東海道・山陽新幹線だからな。うっかり上越や東北に乗ったら戻ってくるだけでも大変だから注意しろ」

「分かっとる」

「残った金でアイスクリームを買ってもいいが、割と高いぞ」

「分かっとる」

「ついでにスプーンが折れるほど硬い」

「分か……え、なんそれ」

新幹線の車内販売で買えるアイスクリームはとにかく硬い。保存のためにしっかり凍らせてあるせいなのか製法の問題なのか、木やプラスチックのスプーンがあえなく敗北する硬度を誇っている。会社の出張で新幹線に乗った時、ちょっと舞い上がっていた気分がスプーンごとへし折れた思い出が蘇《よみがえ》る。

「そのあまりの硬さでネット上でもたびたび話題になってな。そのことが鉄道会社にも認知された結果、あのアイスにニックネームがついた」

「早乙女《さおとめ》さん、知っとる？」

「えっ、聞いたことないかも……。タングステンアイスとか？」

硬いもの＝タングステンというチョイスの渋さはさておき、正解はもう少しストレートだ。

「シンカンセンスゴイカタイアイス」

理由、新幹線のすごい硬いアイスだから。

「シンカンセンスゴクカタイアイス」

「いや、公式で吊《つ》り下げ広告になったのはシンカンセンスゴ『イ』カタイアイスの方だ」

「そうなの……？」

「そうなん……？」

「……そんなことを言ってたらそろそろ時間ですね」

「あ」

思い出話の類は滞在中にだいたい話し尽くしたので、最後はこんな話題になってしまった。そのくらい十分な時間を過ごせた、と思っておくことにしよう。

「じゃあ、気をつけてね」

「早乙女さんもお元気でー！」

「裕夏」

「なん？」

「また来いよ」

「なんか知らんけど分かった!!」

改札を抜け、こちらに手を振りながらホームへと早足で向かってゆく。妹の成長に感じ入るほど老けたつもりはないが。

「次に会う時は、もう少し大きくなってそうね」

「そうですね」

意地だけで東京まで来た時よりも自信に溢《あふ》れた足取りに、素直にそう思った。

◆◆◆

「うおっ」

「いだっ」

新幹線のホームで、ふたりの人間がぶつかってよろめく。かたや大きめのバッグを抱えた少女で、重い荷物を御しきれずぶつかったらしい。

もう片方は初老の男で、こちらはといえば単なる歩きスマホである。

「す、すみません！」

「気をつけろ！　まったく……」

「失礼しました!!」

何かと慌ただしい東京にあって、新幹線のホームはなおのことせわしない。頭を下げて一言謝った少女は、二秒後には男の視界から消えていた。自分にぶつかってきた少女の顔を思い返し、男は小さく首をひねる。

「んー？　今の顔、どこかで見たような……。いや、誰かに似てるような……」

「朽木《くちき》先生！　大丈夫でしたか!?」

慌てた様子で駆け寄ってきたのは、八月の土曜だというのにシャツにネクタイ姿の、いかにもサラリーマンな中年の男。

「ああ、なんのなんの。これでも昔は柔道をやっていたからね」

「さすが。矍鑠《かくしゃく》としていらっしゃる」

「こうでもないと令和のビジネスは渡っていけんよ、泥舟くん」

「いやあ頭が下がる。ところで私は木舟《きぶね》です」

フルネームを木舟康平《こうへい》。ある中規模メーカーで課長を務める身である。

「それで、今日は親睦会だったかな？」

「ええ、料亭を押さえております」

「ほほう、悪いね」

「いえいえ。過日、当局の監査にまで発展した一連のトラブルを見事に収拾した朽木社長ですから。コンサルタント契約を結ぶのでしたらこれくらい当然です」

「ははは、今は前社長だよ」

「いやはやこれはこれは」

「では詳しい話は後ほど酒の席で聞かせてもらうとして、なんでも大手の取引先を失いそうなんだとか？」

「お恥ずかしながら……。微力ながら最善は尽くしたのですが、関わったマーケティング会社の担当が非協力的だったために……」

「マーケティング会社か。あれはいかんよ、取引の間に入って金を掠《かす》め取るろくでなしだ。我が社が陥った危機も、元を正せばマーケティング会社が発端だったのだからな」

「聞き及んでおります。その騒動の責任をとって身を退《ひ》かれたんでしたね」

　複数の企業、特に大手を巻き込んだトラブルが起こると、その情報は業界内でたちまちに広まってゆく。それを知って静観するもの、介入して名を売ろうとするもの、それにて利益を挙げるもの、立場や目的によってさまざまな人間が生まれるが、確実に言えることがひとつある。

　トラブルというのは『起きた』ことだけは正確に伝わっても、その詳細は人の口を経るうちに変化し、削《そ》ぎ落とされ、正確さを失っていくということだ。

　場合によっては加害者と被害者が入れ替わったり、トラブルの原因になった人と解決した人が入れ替わったり。そういうことが実際に起きる。起きてしまう。

「ま、後任はどうにかやっているみたいで会社は順調のようだよ。若手の育成に力を入れていたことが功を奏した形だな」

「その手腕をぜひ我が社のために奮ってくださいませ！　朽木先生のお力で私の実績が伸びた暁には、さらに便宜も図らせていただきますので……！」

木舟が手に入れた情報もまた大きく歪《ゆが》められたものであった。だから彼は知らない。

目の前の男が件《くだん》のトラブルを解決した立役者どころか、諸悪の根源であったことを。

自分がこき下ろしているマーケティング会社こそトラブルを解決した側であり、その担当者が敵に回した早乙女ミオだったことを。

「ささ、タクシー乗り場へどうぞ」

「うむ」

早乙女ミオという選択肢を捨て、代わりに朽木前社長に高額の報酬を支払い、コンサルタントとして迎え入れた木舟のその後については……。

予想を裏切るものでもないので、詳細を割愛させていただく。

ことの起こりは、三日前に遡る。

「ヴィンスタを始めれば友達が増えるって聞いたんだー」

「急にどうしたんですかミオさん」

夕食の買い物についていきたいと言ったミオさんは、道端の石ころをスマホで撮影してからそう言った。いきなり地面に這《は》いつくばったと思ったらいい感じの石があったらしい。

いい感じの石でどのくらいフォロワーが稼げるかはともかく、急にＳＮＳを始めるなんてどういう風の吹き回しだろう。

「もしかして、土屋《つちや》か村崎《むらさき》と何かありました？」

「え、なんで？」

「いや、急に友達を増やすなんて言い出したので。今の友達と何かあったのかと」

「……つちやさんときらんちゃんって、お友達でいいよね？」

「そこは自信持ってください大丈夫です、たぶん」

「たぶん」

「うかつに言い切ることの危うさは城鐘《しろがね》さんに教わりました」

福岡のラーメン屋はぜんぶ豚骨と言って指摘された。弁護士って怖い。

「正確さ、大事」

「百パーセントのことなんてこの世にはほぼほぼありませんからね。『絶対君を離さない』なんて言葉が絶対なのはドラマだけです」

「あるよねそういうの。本気ならその場で婚姻届に名前書けばいいのに」

「婚姻届」

そこは指輪とかで許してあげてほしい。夕焼けに染まった海辺で、

『愛してる。絶対君を離さない』

と言ってから婚姻届にハンコをポンしだすのはちょっと、絵面としてあんまりかっこよくない。

「あ、そういえば城鐘さん言ってたかも。今は指輪でも契約扱いになることがあるんだって。世間で指輪を渡す＝婚約って常識が浸透したから」

「あれ？　城鐘さんって婚姻関係の仕事もやってるんですか？」

「やってないと思う」

弁護士の世界では一般的な知識なのか、それとも城鐘さん個人が調べたことなのか。

ウェディングケーキという言葉に遠い目をした女弁護士の顔を思い出しながら、俺は角を右に曲がって車道側になったミオさんの左手に回った。

「人生いろいろですよね」

「人生いろいろだよね」

ミオさんにも飛び火しそうなので深入りはやめておく。

「それで、ヴィンスタでしたっけ」

「そうそうヴィンスタヴィンスタ」

ヴィンスタグラム、縮めてヴィンスタ。

全世界で十億人の利用者を誇る写真投稿ＳＮＳだ。日本だと若い女性を中心に広まっており、いい写真をアップしてフォロワーを集めることがステータスになることもあるという。人気者になれば友達ができやすいというのは事実ではあるだろうから、『ヴィンスタを始めれば友達が増える』というのも半分正解というところか。

「土屋さんとかきらんちゃんがどうってわけじゃなくてね、でもほら、二人って松友《まつとも》さん経由で知り合ったでしょ？」

「そうですね、どっちも俺の元同僚ですし」

「私もそろそろ自力で友達を作らないといけないと思うの」

「分かりやすいくらい裕夏《ゆうか》の影響を受けましたね？」

友達作りに関しては限りなくアグレッシブな妹が残した爪痕は、思ったよりも大きかったようだ。

「それにしても、ミオさんってＳＮＳとかやらないタイプなのかと思ってました」

「そうなの？」

人とのつながりを作る手段として、ＳＮＳは最も手軽なものだろう。なのにミオさんは俺を雇う前、ずっとひとりで過ごしていた時にも始めなかったわけで。

「前もやってたよ？　ニクシィとＤｉｅ　Ｗｉｔｈ　Ｗｅ」

「ニクシィとはまた微妙にトレンドから外れたところを……」

「でもね」

「ええ」

「友達申請ができなくてやめた」

「そんな気はしました」

ヌイッターならもうちょっと手軽にできるんじゃ、と言いかけたが、たぶんフォロー０人／フォロワー０人の空間で延々とつぶやき続けるアカウントができあがる。そんな気がする。

「もうひとつの……Ｄｉｅ　Ｗｉｔｈ　Ｗｅ？っていうのは初耳です。『私らと死んで』とは穏やかじゃないですね」

「スマホの電池残量が五パーセント以下のときだけ使えるＳＮＳアプリ」

「五パーセント以下のときだけ使えるＳＮＳアプリ」

「一部では有名」

「あ、本当だ。検索したらちゃんと出ますね」

なるほど、Ｄｉｅというのは電池切れのことか。いっしょに電池切れを迎えましょう、という意味なのだろう。

「有料で日本語非対応だから日本人はほとんどいないんだよ」

「なんでまたそんなアプリを……」

「外国人なら一生会うこともないし、すぐ電池切れするなら会話が続かなくても大丈夫かなーって」

合理的。とても合理的な理由だ。友達作りという本来の目的を見失っていることを除けばだが。

「それでやめて、今度はヴィンスタですか」

「今度こそがんばる。だから松友さん、カフェに行こう」

「カフェですか」

「クリームとかが盛ってあるやつを撮ろう。これでやっと使える」

使える、とは。

「何をですか？」

「『カフェ飯に関する条項』」

早乙女家勤労規則における細則のひとつ、『カフェ飯に関する条項』。

村崎がミオさんと出会った日に作ったんだったろうか。ミオさんとカフェに行くのを勤労規則上どういう扱いにすべきかをまとめた条項である。徹夜でウノした後のテンションで書いた結果、並の企業の規則には劣らないレベルの作り込みと完成度を誇る。

「……決めましたね、そんなの」

「あんなにがんばって決めたからには、使いたい」

◆◆◆

そして三日経《た》ち、土曜日。

家で過ごしていると忘れそうになるがミオさんは優秀なマーケターだ。多種多様な業界に精通し、その気になれば大抵のことはそつなくこなすオールラウンダーである。その気になれなければ家が終末世界みたいになるけど、それは措《お》いておくとして。

そんなミオさんだから写真を撮るのももちろん上手《うま》い。家でもふーちゃんやあーちゃんをたまに撮っており、いい角度と光の加減でぬいぐるみの魅力を引き出した写真がいくつもスマホに収められている。

だからきっと、今日俺たちがやってきた話題のおしゃれカフェでならさぞかしいい写真が撮れることだろう。いわゆるヴィンスタ映えなやつが。バエバエにバエるやつが。

「松友さん」

「なんですかミオさん」

「帰ってカフェオレ飲まない？」

「目の前にカフェがありますよミオさん」

それも店に入れればの話なんだけども。

カフェの前で立ち止まった背中を、店の写真でも撮るのかなと思って待つこと三分。凜《りん》とした目でおもむろに『帰ろう』と言い出した早乙女ミオさん二十八歳である。

「ここに来る道すがら、改めて冷静に考えてみたの。写真を撮るためにおしゃれパンケーキやおしゃれコーヒーを頼むことについて」

「口数が少ないと思ったらそんなこと考えてたんですね」

「自分の行動の意味を考えることは、責任を考えることと同義の大切なことよ」

「それは宣戦を布告する大統領とかが考えることですね」

たしかに写真を撮るためだけに料理を注文し、ほとんど残して帰るヴィンスタグラマーがいることは度々問題になっている。

「だからね、私は思うの。家で飲めるものは家で飲んだ方が地球にもお財布にも優しいんじゃないかって」

「なるほど。ところでミオさん」

とはいえそんなのはヴィンスタグラマーの中でもごく一部の話。俺たちは頼んだからには全て食べるのだし、深刻に考えることでもないだろう。

ミオさんもそれは分かっているわけで、つまり問題は別にある。

「なにかしら?」

「注文は俺がしますよ」

「…………」

「…………」

ミオさん、考えること五秒。

「さ、早く入りましょう松友さん。時は金なりよ」

「金言ですね」

おしゃれすぎる空間でも、そこに留《とど》まるだけなら気配を殺せばよい。が、注文の時だけは店員さんに認識されなくてはならず、ミオさん的にそこが撤退ラインだったらしい。家の近所の普通なカフェには一人でも行くのだから微妙な線引きがあるのだろう。

気配を殺そうが埋もれないくらいには美人なんだけども。ちらほらこちらを見ているグループがいる気がする。

「松友さん、これっていくつ?」

　メニューを見ながら、ミオさんがいくつと尋ねる。その意味するところは。

「砂糖、ミルク、ホイップクリーム、チョコレートでカップのサイズからして……推定四五〇キロカロリーです」

「こっちは？」

「砂糖、ミルク、ホイップクリーム、バナナ、イチゴ、マシュマロ、ラスクで……推定七四〇キロカロリーです」

「ありがと」

　またメニューに目を落としたミオさんごしに、近くにいた店員さんがこっちを二度見した。裕夏と同い年くらいの女子高生たちもこっちを二度見した。

　仕事でやってるんだからそんな目で見ないでほしい。

「ミオさん、決まりました？」

「ええ、これとこれと……」

　ミオさんのオーダーを、ちょっと不審なものを見る目を向けてくる店員さんに伝えて、待つこと五分。

「おお……！」

「こういうの初めて頼みましたけど、なるほどこれは……」

　クリームベースの白と天然色素の薄紫で二層にし、ホイップクリームとオレンジソースで飾った、秋らしくコスモスを連想させる配色。素材がいいのか、オモチャのような安っぽさはまったくない。

素直に感心する俺をよそに、ミオさんは本来の目的通りスマホを取り出した。

「よし、撮るわ」

「上位のヴィンスタグラマーは撮り方にも工夫するそうですけど、どう撮るんですか？」

「大丈夫、事前リサーチは完璧よ」

「ほう、ではいかに？」

自信ありげな顔でミオさんはカップを手に取った。右手には、なぜか自撮り《インカメラ》モードのスマートフォン。

「胸に載せて手を使わずに飲む！」

「それはちょっと違う文化圏の風習ですミオさん」

主にタピオカミルクティーでやるので、タピオカチャレンジなんて呼ばれたりもするネット発祥のゲーム、というより一発芸だ。

「え、何か違った？」

「おそらくミオさんが想定しているフィールドとはちょっとズレるといいますか、イギリス文化とフランス文化といいますか」

「ドーバー海峡レベル……？」

「フォロワーは増えるかもしれませんが、お友達は増えるか分からないといいますか……」

「練習してきたのに」

「練習してきたんですか」

練習してきたらしい。家でひとりの時間に何をしているのかと思うことは未《いま》だにあるけど、そんなことをしていたのか。

「載せるのはすぐできたわよ。ほら」

「……載ってる！」

本当にできる人いるんだ。安定感がすごい。集めてる視線もすごい。

「載せるまではいいんだけど、載せたまま撮るのがけっこう難関で……」

「普通にお店の内装を入れて撮りましょう。あそこのプリザーブドフラワーとかを背景にして」

「私の努力が……」

目立つのが苦手な割に、何をすれば目立つのかの認識が若干ズレているからよく分からない。立って歩いているだけでも目立つから逆に意識が薄れるんだろうか。

「綺麗《きれい》に撮れたけど……。なんだか普通ね」

「普通が一番ですよ」

写真を撮るにしても、長時間かけるとホイップクリームが溶けたりグラスに結露したりして美しくない。手早く撮影し、ミオさんは細長いスプーンを差し込んだ。

「あ、おいしい」

「見た目重視かと思ったらちゃんといいもの使ってるんですね」

評判になるだけのことはあるわねと、ミオさんは氷が溶けて味が薄まる前に食べきるべく高速で手を動かしている。

「あとできらんちゃんと裕夏《ゆうか》ちゃんにも写真送ってあげようかしら」

「あれ、ヴィンスタには上げないんですか？」

「最初の投稿は、もっと数を溜《た》めてから一番いいのを出すべきだと思うの」

「なるほど」

そうしているうちに熱が冷めてしまうのがＳＮＳあるあるだろう、というのは措いておいて。ここまで付き合ってみて、俺が得た結論はひとつ。

「ミオさん」

「何かしら？」

「これ、続けますか？」

「再考の余地があるわね」

疲れる。俺もミオさんも、ものすごく疲れる。

オープンカフェの頭上、高く高く澄み渡る秋空の美しさには勝てないのに人は何故《なぜ》着飾るのか。柄にもなく哲学的なことを思う秋の日の学びだった。

「カフェはやめて、花を育てるとかどうです？」

「枯れるのがしんどくてアロエとかじゃないと無理」

「非常に分かります」

野の花ならそんなことないのに、鉢植えだとしおれて枯れてゆくのが物悲しく感じられるあの現象はなんなのだろう。

「アロエ、バズりますかね」

「言っておいてなんだけど無理だと思うわ」

「ですよね」

アロエが好きな人もいるだろうがフォロワーを増やすには向かないのも事実。他の手段が必要だ。

「手料理とか」

「無理ね。あ、ナイトなプールがいいって聞いたことあるような」

「パーリーなピーポーのホームですが」

「やめておくわ」

残る定番ネタ『手芸』も身近に村崎《むらさき》という凄腕《すごうで》がいる。自分より明らかに上手《うま》い人がいるのに写真をアップしてフォロワーを増やすというのもミオさんには合わない。

「となると……うん？」

ミオさんのドリンクが七割がた消えたところで、スマホが震えた。

「土屋《つちや》からですね。秋の連休は空いてるか、と」

「……………えっと」

「ミオさんの予定も聞いています。この前断った埋め合わせだそうで」

「空いてるわ」

周りが遊びの相談をしていると、自分も勘定に入っているのか迷うらしい。

「四人でキャンプに行かないか、だそうです」

「キャンプ」

「シーズンですよね」

ちょうど先日にも行きたいと話していたところだ。それに、今は行くべき理由がある。

「松友《まつとも》さん、キャンプといえば？」

「山の風景、カラフルなテント、ホットサンド作り」

「おお」

「秋空の下、みんなでマシュマロを焼きながら記念撮影」

「映《ば》える？」

「映えます」

ひと張り行こうぜと、俺はスマホに入力した。

◆◆◆

映えを求めてカフェに行き、紆余《うよ》曲折《きょくせつ》の末にキャンプへと方針転換して、迎えた連休。

「「山d……」」

「ミオさん、ストップ」

「村崎、ステイ」

「えっ？」

「えっ？」

海だー！　のノリで山だー！　と叫びかけたミオさんと村崎を土屋と手分けして制止しつつ、俺たちのキャンプは始まった。

「マッツー、向こうの家族が振り向いたっちゃけど」

「山田さんだなきっと」

紅葉と呼ぶにはまだ少し早い、でも夏の青々しさは秋空へと溶けきった山の中。キャンプ場には色とりどりのテントが並んでいる。暫定山田さん一家も含めて家族連れが多いようだ。

「さてマッツー、テントは簡単に張り終わったな」

「今のテントってすごいな」

小学校の頃、自然教室——全国的には『林間学校』という呼び名が一般的らしい——でテントを張った記憶がある。あの老朽化した布と鉄の塊に比べれば、この十五年ほどでずいぶんと軽く楽になったものだ。

早々に設営ができたので、売店が開いているうちに民芸品を見たいという村崎にミオさんもスマホ片手に付き合って、キャンプ場には男二人が残されていた。

「さて、炭でも焚《た》いとくか」

「もうやるのか？　別に急がなくてもいいと思うが」

バーベキューの食材はだいたい家で処理してきたので、あとは火をおこして焼けば食べられる。まだ到着したばかりだし焦ることもあるまい。

「いんや、炭火をスパッとおこすために準備をする」

「ゆっくりやる時間はあってもか」

「あってもや」

つまり、『炭火をおこす』と『炭火をスパッとおこす』の間に何か大きな隔たりがあるのだろう。

「炭火をスパッとおこせるとどうなる」

「知らんのかマッツー」

なぜか一拍溜めて言う。

「モテる」

曰《いわ》く、火に強いことは男らしさを強調するので女性から人気を得やすいというデータがあるらしい。データがあるならそうなのだろう。が、問題がひとつある。

「土屋、炭火の経験は？」

「動画は何べんも見た。やり方は知っとる」

「お前、それ男子高校生が大人なビデオを見て言うセリフだぞ」

「やけん、今のうちに少し練習しとこうかと」

「焚くって練習のことかよ。男らしさどこ行った」

火を手早くおこせるのがかっこいいということは、逆にもたつくとダサい。だから予行演習しておこうと、つまりそういうことらしい。

「っと、すまん電話だ」

炭の箱を開ける土屋を手伝っていたら、スマホに着信があった。正確には電話でなく無料のチャットアプリの方だ。

発信者名、『ユーカ！！！ｏｎ ライス』。前は普通に『裕夏』だったところ、友達の趣味で幾度も変えられたらしい名前が表示されている。

「…………」

俺はスマホの横にある－《マイナス》マークのキーを長押しして、通話を開始した。

『なんで！　ウチがおる間に!!　せんの！！！』

「あ、すまん聞こえなかった。どうせ叫ぶと思って音量下げすぎた」

通話音量を通常に戻しつつ、俺は炭火をおこそうと四苦八苦している土屋に持参した古新聞を手渡した。ねじって火をつければ着火剤になる。

『で、ほんとにキャンプしとるん？』

「してる。今から火おこすとこ」

『キャーンープー!!』

また叫んだ。痛む耳をスマホから遠ざけつつ、俺は妹へと当然の疑問をぶつける。

「なんでキャンプが今日だって知ってるんだ？　お前にはまだ何も言ってないだろ」

『さっき、早乙女《さおとめ》さんからチャットがきて』

「ああ、ミオさんからか」

滞在は短い期間だったが、仲良くなってくれたようで何よりだ。俺の鼓膜は犠牲になったが。

『ただよく分からんのがね』

「どうした？」

『呪いの人形みたいな写真もついてきた』

「呪いの人形」

『しかも早乙女さんから返信がなか』

「……そういえばミオさんたち、土産物を見に行っただけにしては随分遅いような」

『そのキャンプ場、呪われとるかもしれんけど大丈夫？』

ちょっと予想外の情報に、俺はミオさんたちが向かった売店へと目を向けた。

◆◆◆

私ときらんちゃんの議論は、紛糾していた。

「これは可愛《かわい》いの範囲内です。お土産という用途で考えてもそのように作っているはずです」

「いいえ、綺麗《きれい》枠ね。もともと大人向けの人形が起源のはずよ」

「リアルなものをデフォルメすることで可愛いに変える。それがクリエイションであり、日本の可愛い文化の根源です」

「日本の美意識は本来、浮世絵みたいに大人な美しさを重視するものよ。伝統の思想が残るならこれは綺麗に入るはず」

目の前にある赤い着物の人形が、可愛い系か綺麗系か。

小さな行き違いは、すでに互いの美意識をかけた戦いへと発展していた。

「きらんちゃんがここまで食らいついてくるとは意外だったわ」

「一応、ぬいぐるみを作る側でもあったのでそこは譲ったら負けといいますか」

「とはいえ、これじゃ決着がつかないわね……第三者の意見を聞きましょう」

「土屋先輩か松友先輩ですか？」

二人に訊《き》いてみてもいいが、ここはできれば女の子がいい。

「男女平等の時代だけど、やっぱり男女の意識差ってあると思うの」

「ありますね」

「松友さんは分かってくれそうな気がしなくもないけど」

「土屋先輩は無理です」

ばっさりだ。真顔でばっさり切った。

「普通にしてれば親切で優しいのに、なぜか定期的に男らしさを求めてよく分からないことをします」

「男らしさ？」

「この前は給湯室でスクワットをしていました」

「よく分からないわね」

筋肉を求めているのだろうか。

「あとご飯を食べすぎてててちょっと怖いです。なんでお昼にお弁当が二個食べられるんですか。会社の飲み会でも私が食べ切れる量だけ残して全部食べますし」

「それはほら、男の子だから……」

よく食べてよく動く。

うん、男の子だ。

「とりあえず、裕夏《ゆうか》ちゃんに送ってみるわね」

「裕夏……ああ、松友先輩の」

「そうそう、妹さん。小さくて可愛いのよ」

「小さいってどのくらいですか」

「その質問は予想外だったわ」

言われてみればどうだろう。私もどちらかといえば小さい方だけど、裕夏ちゃんはおでこが私の目線くらいだった気がする。今、目の前にいるさらんちゃんは……。

「さ、裕夏ちゃんの返事が来るまでにテントに戻ろうか」

「あの、それでどのくらい……」

「松友《まつとも》さんたちも待たせちゃってるし」

「ミオさん？」

「……あれ？」

スマホをしまおうとして、違和感。電源ボタンをまだ押していないのに画面が暗い。

「どうかしましたか？」

「スマホの電源が入らない……充電してあったのに」

「故障でしょうか」

それは困る。写真を撮るために来たはずなのに、まだ人形しか撮ってない。

「どうしよう……」

◆◆◆

「元気出してくださいミオさん。ほら、これ焼けてますよ」

「おいしい……お肉おいしい……とうもろこしおいしい……」

お土産屋から帰って来たミオさんによると、急にスマホが動かなくなって写真が撮れなくなったらしい。鉄串に刺した肉や野菜をもそもそ食べつつ、なかなかにへコんでいるのが丸まった背中から伝わってくる。

土屋《つちや》と村崎《むらさき》も気を遣ってか、少し距離をとっているようだ。

「知っとるか村崎」

「何をですか？」

「炭火をおこす時にはな、火付けに新聞紙が使えるっちゃけど」

「ねじって入れるんですよね」

「張り切ってねじりすぎるとどうなると思う？」

「……圧縮されて木に戻る？」

「中の空気が熱で破裂してめっちゃ痛い」

「なるほど」

練習で身を以《もっ》て知ったのだろう、手に絆創膏《ばんそうこう》を一枚貼っつけた土屋がなぜか自慢げに話していた。そんな二人を横目に見ながら、ミオさんはとうもろこしの粒を一つ一つつまんで食べている。

「ものは考えようですよ、ミオさん」

「え、何が？」

「スマホが壊れたことがです」

「写真を撮ることに夢中になっていっしょに来た人との会話がおろそかになったり、歩きスマホによる事故の危険性が高まったり、せっかくの思い出が薄れてしまったりする可能性をなくせたって意味で？」

「現実を受け入れようと、自分にそう言い聞かせてたんですね。分かります」

すごい真顔でつらつらと言っている辺りに思考の深さが窺える。

「なんで分かるの……？」

「前向きに後ろ向きで立派だと思います」

「ありがとう？　じゃあ、なんで？」

困った。

正直、ミオさんが言ったようなことを言おうとしていた自分がいる。実際問題、そんな気休めみたいなことを言っても仕方ないだろう。ならば。

「スマホが壊れたおかげで、呪いを免れたかもしれません」

「呪い」

「裕夏から聞きましたけど、呪いの人形を撮影したそうで。あの手の心霊現象は写真に収めるだけでも危険だそうですから、スマホが壊れたことでそれを回避できたかもしれませんよ」

「私、呪いの人形なんて撮ってない……」

「え？」

「え？」

顔を見合わせて首をひねる。

裕夏からの話と違う。キャンプに来たというメッセージとともに呪いの人形の写真が送られてきたはずだ。不気味な赤人形の写真は転送してもらったから間違いない。

「お土産屋さんの人形が可愛い系か綺麗系か、ってきらんちゃんと議論になって」

「その二択ですか」

「裕夏ちゃんにもどっちか訊いてみようと思って送った」

「……この人形ですよね？」

「そうそれ」

裕夏にもらった写真はどう見ても呪いの人形なんだが。ミオさんと村崎の基準では少なくとも、怖いよりも綺麗か可愛いが先らしい。日本人形は見る人によって感じ方が違うものだからそういうこともある、のかもしれない。

「……写真なら俺のスマホ、使いますか？」

「いいの!?」

ミオさんに笑顔が戻って何よりだ。それが全てだ。

何の怖いこともなくカメラも確保できたし、とにかくキャンプらしいことをしよう。そんな発想のもと、俺たちはバドミントンをやってみたり。

「行きます姉さま！」

「ええ、来なさい!!」

「はっ！……はっ！……はっ!!」

「知っとるか村崎ー」

「なんですか土屋先輩」

「羽をラケットに載っけて振れば、サーブから空振りはせんぞ」

「大丈夫です。次は当てます」

ホットサンドを作ってみたり。

「はい、全員集合」

「ええ」

「おう」

「はい」

「俺は言いました。基本的な調理器具類は用意するから、追加で欲しいものがあれば各自で持ってきてくださいと」

「言っとったな」

「それで、なんでホットサンドメーカーが四つ揃《そろ》うのか!!」

「やりたかったけん」

「すみません、やりたかったので」

「土屋と村崎は百歩譲って事故として、なんでいっしょに準備したミオさんまで追加購入を……」

「やりたかったから……」

なぜかやたら重かった荷物の原因が、フルメタルのホットサンドメーカー四つだったと判明したりしたところで夜が来た。

キャンプの夜といえばコーヒーかココアに焼きマシュマロと相場が決まっている。串に刺したマシュマロを焼いていたミオさんが、不意にこちらを向いた。

「松友さん、大変なことに気づいた」

「なんですかミオさん」

「バドミントンの後くらいから、普通に楽しくて写真撮ってなかった」

「あ」

確かにカメラを構えている様子が記憶にないことに気づいて頭を抱えつつ、俺は板チョコを手渡した。今回の焼きマシュマロは板チョコに挟むアメリカンスタイル。やらかした気まずさの中、ミオさんはカロリーの資本主義を作り上げていく。

「で、でもほら、それだけ楽しめたならよかったですよ。未来の顔も知らない友達も大事ですけど、今も大切ですから」

「それ、私がさっき同じようなこと言わなかった……？」

「とりあえずマシュマロ焼いてるとこ撮りましょうか。はいスマホ」

「あ、うん」

自分を入れて撮るつもりらしい。カメラをインカメラに切り替えて、微妙に角度を調整している。

「松友さんも、もうちょっとこっち」

「はいはい」

ミオさんに腕を引っ張られて肩を寄せる。秋の山から流れてくる落ち葉と草の風に、ミオさんの香りが少し混ざった。

「……はじめてかも」

「何がですか？」

「自撮りのカメラで、自分以外の人が入ってるの。しかも三人」

「きっと、これからもっと増えますよ。ミオさんならヴィンスタだってすぐに使いこなして、友達くらいいくらでもできます」

「そうかな」

「そうですよ」

「……じゃあ」

ミオさんがカメラの角度を少し下へ。

「一枚目はふたりで撮ろう」

自然に。ごく自然に言われてしまい、こっちが少し狼狽《うろた》えた。

でも、ミオさんの中で俺は少し以上に特別な存在なんだと、そう言われた気がするのは悪くない。

「分かりました。マシュマロも入れましょうか？」

「映《ば》えるけど、これはヴィンスタには上げないかなー」

「そうですか」

「うん」

手ブレ防止のセルフタイマーは三秒。

二秒。

一秒。

「はい、チーズ」

シャッター音はしたはずなのに、どちらかの鼓動の音でよく聞こえなかった。

◆◆◆

『兄ちゃん、呪われとる』

「なんだ急に」

『早乙女さんの写真がやばい』

「んん？」

キャンプから帰った後の週明け。妹からの電話を受けた俺は、開口一番そんなことを言われて反射的に訊《き》き返した。

「人形のことならミオさんから説明あったろ。あれはミオさん的には綺麗《きれい》な人形の写真を送ったつもりだったんだ」

理解や共感は未《いま》だにできていないけども。当の人形はリビング……に置くのは怖かったので、ミオさんに頼んでミオさんの寝室に飾ってもらってある。

『そっちやなくて、ヴィンスタに上げてた方』

「どれだ？」

『夜にみんなでマシュマロ焼いとるやつ』

「ああ、あれか」

俺といっしょに撮ったやつとは別に、四人入れて撮った方をミオさんはヴィンスタに上げていた。ネット文化を気にする二人が自分たちも入った写真を上げることを快諾してくれた辺り、ミオさんへの信頼が窺える。

「普通の写真だろ？　呪われてるってのはどういう意味だ」

『あの写真の右上に……』

〝ピンポーン〟

裕夏《ゆうか》がなにか言いかけたところでインターホンが鳴った。時間的にもこの家の主のご帰還だろう。

「悪い、ミオさんが帰ってきたからまた今度な」

『ちょ、兄ちゃんほんと気をつけ……』

裕夏との通話を切り、玄関へと向かう。妹には悪いが仕事なのだから仕方ない、というか早く開けないと「今日こそ誰もいないのでは」という不安に駆られたミオさんがネガティブ思考にハマるので後がまずい。

「よっ、と」

手を伸ばして鍵を開ければ、ドアをそっと開けて覗《のぞ》き込むようにミオさんが……。

「松友《まつとも》さん松友さん！」

「おかえりなさ……近いです、画面が近いですミオさん」

速い。強い。動きが速くて勢いが強い。いつもの感じとだいぶ違う。

スマホの画面を押し付けてくるミオさんを持ち上げて、少し後ろに置き直し、改めて画面に目をやると表示されているのはヴィンスタグラムのマイページ。さっき裕夏も触れていたキャンプでの写真だ。

その下に表示された数字が、何かおかしい。

「いいね数、三万」

「バズった！　バイラルマーケティング！」

「マーケティングなんですか何を売ったんですかミオさん」

「バズった!!」

バズっていた。四人で火を囲んで撮った写真が相当にバズっていた。ヴィンスタから他のＳＮＳにも伝播《でんぱ》して広がり続けているらしい。

人生初のバズりがよほど嬉《うれ》しいのか、ミオさんはスズメを捕まえた猫みたいにぴょんぴょんしている。

「それはおめでとうなんですけど……。そんなバズる要素ってありましたっけ？」

「楽しそうだから？」

「それでも、一般人がキャンプしてるだけの写真がそこまで話題になりますかね？　何がよかったとかって言われました？」

「仕事が忙しかったからコメントはまだ見れてない」

スマホを操作し、閲覧者からのメッセージを表示する。それなりの数が来ていたが、内容はだいたい同じだった。

「『初めて見た』『やばい』『死』『救済』。なにこれ」

「『右上の暗いところ』……？」

画面の輝度を上げてもらい、指摘されていた箇所に目を凝らす。ただの暗闇と思ったら、よく見るとたしかに何か赤いものが写っていた。

「これって」

「人形ですよね。ミオさんが買ってきたやつ。これが写り込んで心霊写真と思われたんですね」

心霊写真。

心霊現象ブームだった一昔前ほどの勢いは失われていても、今なお耳目を集める一大ジャンルだ。いかにも素人の写真というのが逆によかったのもあるだろう。

「勘違いされたのは予想外でしたが、人気が出たのはラッキーでしたね。これをきっかけにフォロワーも増やせるんじゃないですか?」

「松友さん」

「なんで死にそうな顔してるんですか、ミオさん」

「この人形、バッグから一回も出してない」

「買ってから一回も?」

「一回も」

「じゃあ村崎《むらさき》が出したとか……いや、人のバッグを勝手に開けたりはしないか」

「しないと思う」

「というかこれ、空中に浮いてる……」

台みたいなものがない限り、こんな場所に人形を写せるはずもない。ミオさんがわざわざこんな手の込んだ編集をしたのを隠しているとも思えない。

つまり。

「ミオさん」

「うん」

「消しましょう」

「アカウントごと抹消しよう」

強い意志を秘めた目で、ミオさんは静かに頷《うなず》いた。とりあえずこのことは忘れるとして、これでミオさんの友達づくり計画はまた振り出しに戻ってしまった形だ。

「そこは残念でしたね」

「ううん、やっぱりSNSだけに頼るのはダメなんだと思う。友達は顔の見える方法で探すことにする」

「ミオさん……！」

裕夏の影響なのか、それとも、玉子焼きの件で『自分の幸せのために一生懸命になっていいんだ』という気持ちが芽生えたからなのか、あるいは両方か。それは分からないけれど、それはきっととても良いことに違いない。

「そのうち、がんばるから！」

「……そのうち？」

「今日のお味噌汁《みそしる》はなにー？」

「お豆腐の柚子《ゆず》風味ですけど、ミオさん？」

「着替えてくるー」

「そのうちって何時《いつ》なんですか、ミオさん」

ちょっと先は長いのかもしれないと思いつつ、俺は寝室のクローゼットへ向かったミオさんを見送った。

「ま、それもいいか」

味噌汁を温めて食卓の用意をしなくては。

台所での手順を組み立て終えたところで、バスルームの前を通り過ぎる。この引き戸の向こうで二人、子供のようにじゃれあっていたほんの少しの時間が、ミオさんにとっても裕夏にとっても何か大きな一歩を踏み出すきっかけになったのかなと、柄にもないことを考えながら。

あとがき

まずは本書をお手にとってくださったことに御礼申し上げます。作者の黄波戸井ショウリです。こう書いて『きわどいしょうり』と読みます。際どい勝利、の語呂合わせです。一巻が自粛期間で本屋さんが休業している時期に発売し、「お店が閉まってるのに売ってる本」なんてネタにしてから、はや半年。皆様のおかげで二巻を出せるくらいの売上を達成し、こうしてまたお会いすることができました。野地貴日先生によるコミカライズも好評のようで感謝の言葉もありません。

さて、人生とは筋書きのないドラマです。このシリーズの出版が決まってから人生計画が丸ごとカッ飛んだ私が言うのだから間違いないのですが（一巻あとがき参照）、そういったプラス気味の変化だけでなくマイナスの変化もいつ起こるか分からないのが人生です。本作の母港でもある『小説家になろう』様にもトラックにはねられた主人公がそれはもうたくさんいらっしゃいますし、明日の自分がそうなる可能性は決してゼロではありません。

「そうなったとして、ネット上の友達に自分の消息を知ってもらう手段がない」

そう考えた黄波戸井。今ではお仕事の関係者もネット上の繋《つな》がりに入るので、多大なご迷惑をかけてしまうでしょう。そういう時のため、私のネット上での活動範囲をおおよそ把握し、いざと言う時に連絡を回してくれる、そういう人間が身内に必要です。

いろいろ考えた末、私は妹にそれをお願いすることにしました。

その妹こそ二巻のキーキャラクター、松友裕夏のベースなんですね。性格や境遇の一部に加え、外見でも裕夏の身長は妹の十七歳当時そのまんまだったりします。

ちなみにこの妹がね、私とほぼ同じ遺伝子でできているとは思えないくらいリア充でね。高校の頃なんて運動部のキャプテンと付き合っていたもんだから、嫉妬した女子グループに髪の毛摑《つか》んで引きずり回されたらしいよ。女の子の社会って怖いね。

話が逸《そ》れましたが何が言いたいかというと、もしこの二巻を読んでくれたりしたら大変だというお話のキャラを出してしまったから、妹に出版したことを教えたあとで妹ベースでした。見ているか妹よ。兄ちゃん二冊目出せたぞ。今度またフルーツタルトの高いやつ買ってやるからな、天神の一切れ千五百円するやつ。許して。

と、こんなことを書けるのも一巻で応援してくださった皆さんのおかげです。また三巻でお会いできることを願って研鑽《けんさん》を続けさせていただきます。

最後に、感想をお待ちしております！　できればお手紙で次々ページの宛先まで!!

一巻でファンレターをくださった埼玉のAさんと山梨のKさんには、この場を借りて御礼申し上げます。本当にありがとうございます!!

ミカライズ
評連載中!!
CHECK!!
50万もらっても生き甲斐のない
のお姉さんに30万で雇われて
かえりっていうお仕事が楽しい
[漫画]
地貴日
[原作]
波戸井ショウリ
[原作イラスト]
アサヒナヒカゲ
連載はこちら
IT'S MY WORK THAT I SAY TO HER, "OKAERI"
COMIC GARDO
コミックガルド
毎週金曜日12時更新
オーバーラップ発 WEBコミック誌
https://comic-gardo.com/

OVERLAP

月50万もらっても生き甲斐のない隣のお姉さんに
30万で雇われて「おかえり」って言うお仕事が楽しい 2

発　　行　2020年10月25日　初版第一刷発行

著　　者　黄波戸井ショウリ
発 行 者　永田勝治
発 行 所　株式会社オーバーラップ
〒141-0031　東京都品川区西五反田 7-9-5
校正・DTP　株式会社鷗来堂
印刷・製本　大日本印刷株式会社

Printed in Japan　ISBN 978-4-86554-760-3 C0193

オーバーラップ文庫
友人キャラの俺がモテまくるわけないだろ?

YUJINCHARA NO ORE GA MOTEMAKURU WAKENAIDARO?

WEB発 王道ラブコメ コミカライズ決定!

『友人キャラ』がおくる すんなりいかない学園ラブコメ!

目つきの悪さから不良のレッテルを貼られた友木優児には、完璧超人な『主人公キャラ』池春馬以外誰も近寄らない。そんな優児が、ある日突然告白されてしまい!? しかも相手は春馬の妹でカースト最上位の美少女・池冬華。そんな冬華との青春ラブコメが始ま……るかと思いきや、優児はあくまで春馬の『友人キャラ』に徹しており……?

著 世界一 イラスト 長部トム
シリーズ好評発売中!!